Les Chroniques de l'Isle-sur-Sorgue

En 1808 à L'Isle-sur-la-Sorgue, une série de crimes monstrueux terrorise les habitants. Un enfant et un homme sont retrouvés déchiquetés, comme si une bête sauvage - ou le diable lui-même - les avait attaqués.

Parmi les victimes se trouve l'ancien aumônier des armées de Napoléon. Lorsque l'empereur est mis au courant, il charge deux commissaires de sa nouvelle police, Saint-Vérand et de Clavière, dit Passe-partout, d'aller enquêter sur place. Les meurtres ont-ils été commis par des gens du voyage ? Ou par un tueur en série ?

Quand les esprits s'échauffent entre royalistes et révolutionnaires, Saint-Vérand et de Clavière comprennent que l'affaire n'est pas un simple fait-divers et qu'ils ne peuvent faire confiance à personne. Peu à peu, ils vont lever le voile sur une effrayante conspiration qui dépasse tout ce que l'on pouvait imaginer...

Chez votre libraire préféré, mais aussi FNAC - Cultura - Amazon

---

L'Écrivain mène l'enquête Podcast

Vous aimez les histoires criminelles et tout particulièrement celles qui se déroulent au XIXe siècle ?

Alors, prêtez une oreille attentive aux podcasts de la série *l'Écrivain mène l'enquête* sur le site : www.hervemichel.net/podcasts et sur toutes les plates-formes de podcast.

La Maison Rouge

Souvenirs - Gifts

La Maison Rouge
4, rue Michelet
84800 L'Isle sur la Sorgue

Tel : +33 - 6 50 30 49 42
#original84800
contact@original84800.com

Découvrez les Éditions du Venaissin
www.editionsduvenaissin.fr

Votre publicité pourrait s'afficher ici. Contactez-nous sur Facebook ou par mail :

https://www.facebook.com/Chroniquesdelisle - contact@editionsduvenaissin.fr

Remerciements :

Recherches & Documentation historique :
Jack Toppin

Corrections & relecture :
Nathalie Arnaud
Denise Arnaud

Contact rédaction :
contact@editionsduvenaissin.fr

Photo de fond de page :
Amélie Diéterle, comédienne qui fut l'une des reines du Paris de la Belle Époque.

Pages intérieures :
Photos Créatives Commons - Banques d'images - Collections privées.

Édito

Nous nous retrouvons donc pour la troisième et dernière fois de l'année 2021 au sein de ces Chroniques de L'Isle-sur-Sorgue. En ce mois de décembre, nous ne pouvions faire autrement que de vous proposer une enquête au cœur des traditions de Noël.

À quelques jours de la nativité, un corps sans vie est découvert flottant sur le bassin de Bouïgas. Il s'agit de Raboite, le boulanger.

Immédiatement, Jules Monier, le pêcheur de Sorgue, ancien inspecteur de la Sûreté parisienne, soupçonne que cette mort n'a rien d'accidentel et pourrait même cacher un complot bien plus vaste.

C'est l'occasion de vous présenter nos recherches sur les traditions et les coutumes de Noël à L'Isle-sur-la-Sorgue à l'aube du XXe siècle. Nous vous rappelons une nouvelle fois que, si l'histoire est totalement fictionnelle, le cadre est authentique dans la mesure de ce que nous avons pu découvrir dans les archives.

À partir de l'année prochaine, votre mini-roman changera de formule. Vous retrouverez Jules et Mariette Monier, Laurent et Violette Thibodet ainsi que le commandant Brunet et tous les personnages qui vous sont désormais familiers, tous les trois mois. Ce sera donc quatre numéros par an au lieu de six que vous pourrez retrouver chez vos libraires.

Cela nous permettra de vous proposer, de temps à autre, un numéro hors série dédié à un sujet particulier concernant la ville à la Belle Époque.

Hervé Michel

Les Chroniques de l'Isle-sur-Sorgue

Pour s'y retrouver

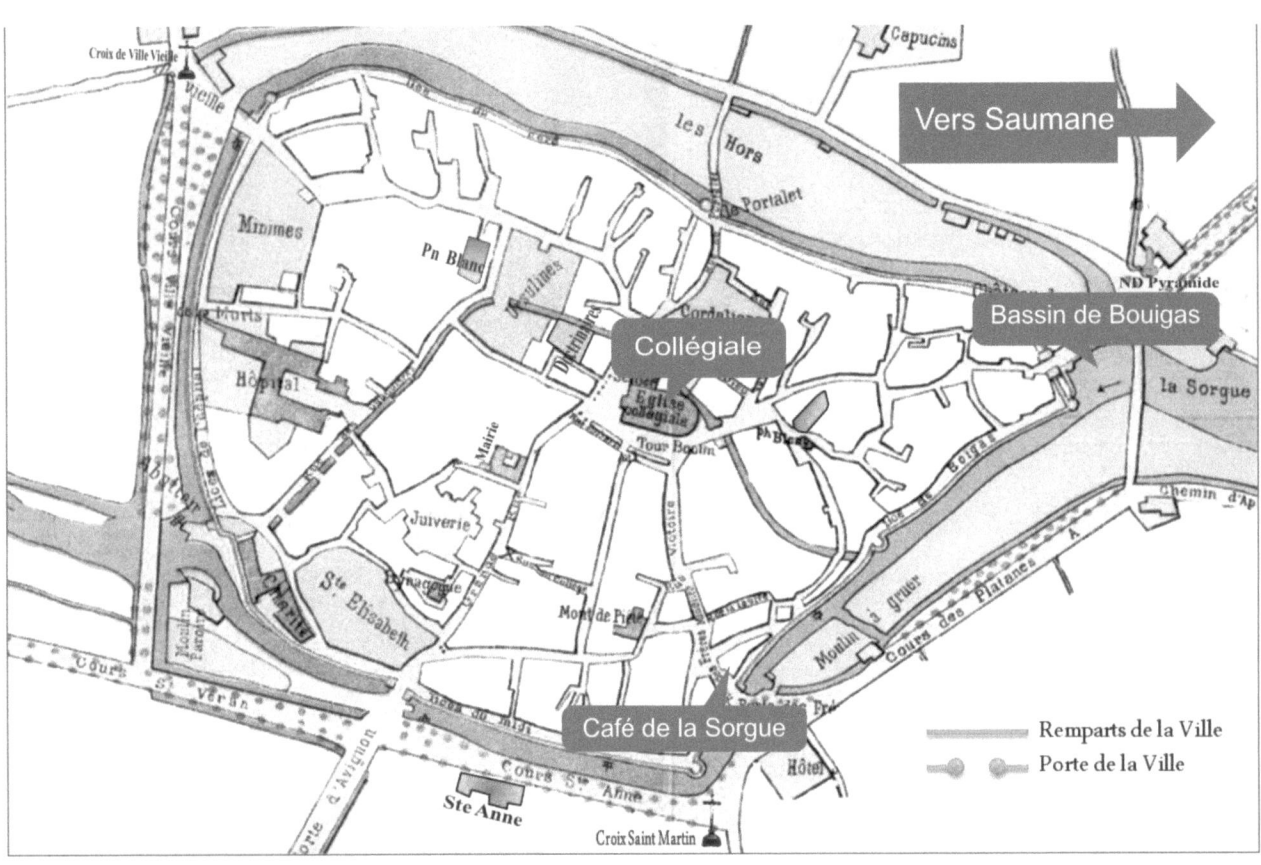

Plan de L'Isle-sur-Sorgue à la Révolution - Photo DR

© 2021, Hervé Michel
Édition : BoD – Books on Demand,
12/14 rond-point des Champs-Élysées, 75008 Paris
Impression : BoD - Books on Demand, Norderstedt, Allemagne
ISBN / 9782322401925
Dépôt légal : Décembre 2021

Les Chroniques de l'Isle-sur-Sorgue

Meurtre à Bouïgas

UNE NOUVELLE POLICIÈRE DE HERVÉ MICHEL

CHAPITRE I

Jules essuya la buée sur les carreaux de la chambre de la paume de sa main et sourit en apercevant la place habillée d'un épais manteau blanc. La neige avait dû tomber toute la nuit puis les lourds nuages qui l'avaient apporté étaient repartis vers le sud, chassés par un léger mistral. À présent, le ciel se teintait du rose de l'aurore et la journée s'annonçait radieuse.

Le tapis immaculé, qui recouvrait la rue, indiqua à Jules que les L'Islois n'avaient pas encore mis le nez dehors. C'était normal, on était dimanche et, dans une semaine, les festivités de Noël débutaient.

Le pêcheur de Sorgue se tourna vers le lit, vide. Mariette, comme à son habitude, s'était levée tôt pour préparer de déjeuner. L'odeur de soupe qui montait du rez-de-chaussée de la modeste, mais coquette maison de Bouigas le renseigna sur le fait que sa tendre épouse était déjà aux fourneaux.

Il se demandait encore comment il avait pu avoir autant de chance. Il se souvint avec émotion de cette nuit où, dans une ruelle sombre de Paris, il s'était interposé entre elle et ces trois Apaches qui voulaient lui faire un sort.

Une silhouette qui s'avançait, de l'autre côté de la place, le tira de sa réflexion. Il reconnut le lieutenant Thibodet. Ce matin, les deux amis avaient un rendez-vous important avec le curé de la paroisse. En effet, Jules était chargé, cette année, d'organiser une fête de Noël pour les enfants des pêcheurs tandis que Thibodet s'occupait des gamins des gendarmes. Ils avaient décidé de travailler ensemble.

Jules s'habilla rapidement et descendit rejoindre Mariette.

— Je viens de voir Thibodet, dit-il en déposant un baiser sur son front.

Il sourit en constatant que cette dernière avait déjà dressé trois couverts. Presque aussitôt on frappa à la porte. Jules alla ouvrir et fit entrer le gendarme qui ce matin n'avait pas revêtu son uniforme.

— N'oublie pas d'essuyer tes pieds, dit la jeune femme en apportant une grosse soupière émaillée qu'elle mit devant eux.

— Alors, tu as pu te renseigner sur ce que je t'ai demandé ? questionna Jules en fouillant dans un placard d'où il tira un magnifique jambon qu'il posa sur la table.

— Oui, Jules, je suis allé à Avignon, hier, à la librairie des Arts. J'ai vu le patron et il est d'accord pour nous faire un prix sur la quantité.

Mariette servit trois généreuses assiettes de soupe aux légumes, tandis que Jules dépliait son couteau pour couper trois épaisses tranches de jambon.

— Je trouve que vous avez eu une très bonne idée d'offrir des livres aux enfants, pour Noël – en réalité, c'était elle qui l'avait soufflée à Jules. D'ailleurs, ce serait drôle de faire des cadeaux à Noël. Ça pourrait même devenir une tradition.

Jules sourit. Sa femme avait parfois des théories étranges.

— Ce serait surtout les commerçants qui apprécieraient, dit-il.

Ils discutèrent ensuite des festivités. Les gamins des deux corporations devaient chanter à l'église dans une chorale mixte, pour la messe de minuit ; il fallait finir de décorer la collégiale ; de mettre la crèche en place… Bref, le travail n'allait pas manquer dans les prochains jours.

— Au fait, annonça Thibodet en engloutissant une demi-tranche de jambon. Cette année, nous aurons un invité de marque pour la célébration, le colonel Chamoin

— Celui qui pense que Dreyfus est innocent ?

Thibodet hocha la tête.

— Il aurait même des preuves, à ce qu'on dit. Et je ne te raconte pas comment le commandant est dans ses petits souliers.

— Oui, Brunet est un imbécile et un arriviste, mais je sais que ce n'est pas un antisémite, il croit à l'innocence du capitaine.

— Pour sûr… qu'il est un imbécile.

Les deux hommes éclatèrent de rire, mais leurs rires se figèrent lorsque Mariette se leva soudainement et jeta sa cuillère sur la table. Ils se regardèrent, étonnés.

— Qu'est-ce qu'il y a, Mariette ? demanda Jules.

— Il y a que j'en ai marre d'entendre parler de cette affaire Dreyfus. Hier encore je me suis pris de bec avec la vieille Tonette à cause de ça ; avant-hier, le boulanger de la rue de l'épicerie s'est battu avec un client qui n'était pas du même avis que lui, et maintenant ce colonel qui vient pour Noël. Je suis sûre que ça va encore semer la zizanie. Alors, oui, moi j'en ai marre de cette atmosphère.

Jules se saisit de la main de Mariette.

— Tu as raison, ma chérie. Ne parlons plus de tout ça. Allez, Thibodet finis ton assiette et allons voir notre curé. On a du travail.

Chapitre II

Dehors, le froid, aiguisé par un petit mistral qui s'était promené sur les neiges du Ventoux, était vif et piquant. Jules et Thibodet remontèrent le col de

Dans les villages provençaux, les rues, étroites, étaient orientées de manière à casser le flux du Mistral. L'été, elles protégeaient également de la morsure du soleil.

leurs grosses pelisses de laine pour en protéger leur visage.

Fort heureusement, le vent se brisait l'échine en passant dans ces ruelles étroites et judicieusement orientées.

Les deux hommes après avoir traversé la place aux grains furent tout de même ravis de pénétrer dans la collégiale, aux murs épais. Tout au fond, près du Chœur, ils aperçurent l'Abbé David, en grande conversation avec un individu trapu dont la figure était mangée par une barbe noire et touffue qui peinait à cacher un hématome en train de se colorer d'une belle teinte verte.

En les voyants arriver, l'ecclésiastique leur fit signe d'approcher.

— Venez, mes amis, que je vous présente Léonard Vinci, il est horloger, il nous a fabriqué un incroyable agneau mécanique que nous installerons sur la charrette pour la procession traditionnelle.

Jules et Thibodet se regardèrent amusés par la connotation du patronyme de l'artisan.

— C'est bien mon nom, celui que m'ont donné mes parents, dit l'homme sur un ton rude.

Apparemment, cette homonymie ne le faisait pas rire. Puis, sans un mot, il se dirigea vers la grande porte qui débouchait sur la place.

— Je compte sur vous pour que le travail soit fait en temps et en heure, mon fils, cria l'abbé.

— Je connais mon métier, tout sera prêt à temps et je peux vous promettre que vos paroissiens réciteront toutes les prières qu'ils ont apprises, devant cette oeuvre.

Les Chroniques de l'Isle-sur-Sorgue

Le prêtre secoua la tête.
— Si seulement !
— Léonard Vinci, ironisa Thibodet lorsque l'artisan fut sorti.

L'abbé dodelina un peu du chef et partit dans un grand éclat de rire. Puis, se reprenant :
— Allons, allons, les enfants, ce n'est pas très chrétien de se moquer.
— Ce n'est pas un L'Islois ? Je ne me souviens pas l'avoir vu en ville, questionna Thodet.
— En effet, c'est un artisan de Velleron. J'aurais préféré faire oeuvrer quelqu'un d'ici, mais c'est le conseil de fabrique qui a décidé. Vous savez, mes pauvres amis que les hommes de Dieu n'ont plus voix au chapitre dans leurs propres églises.

Jules et Thibodet hochèrent la tête en signe de compassion, mais ne purent réprimer un sourire, lorsque le bon curé, dans un geste un peu théâtral, massa sa bedaine rebondie.
— Bien, et si nous nous mettions au travail ? proposa Jules en quittant sa veste de gros velours qu'il jeta sur un banc.

Ils passèrent une partie de la matinée dans la chapelle la plus proche du chœur, celle dédiée aux pêcheurs, à construire une immense crèche, dans laquelle ils placèrent des santons géants en argile. L'étable était figurée par une grotte remplie de mousse que des paroissiens avaient apporté la veille, les maisons étaient en terre cuite, les arbres de simples rameaux séchés, mais le tout avait fière allure.

Un peu plus tôt, la servante du curé, la vieille Thérèse qui faisait autant office de bonne à tout faire que de cuisinière, leur avait préparé du chocolat chaud.

Depuis qu'il était enfant, Thibodet ne pouvait réprimer un frisson de terreur quand il apercevait cette femme aux airs de sorcières. Probablement qu'au siècle dernier, on l'aurait brûlée vive. Toute sèche qu'elle était, elle aurait sûrement brûlé comme du petit bois. Malgré tout, Thibodet apprécia le chocolat bien sucré qu'elle lui tendit.

Les deux hommes avaient pratiquement terminé leur ouvrage, lorsqu'un gamin entra en courant dans la collégiale. Il bouscula presque la vieille Thérèse qui tenta de lui donner une claque derrière la nuque, mais le manqua. Dans son élan, elle faillit perdre l'équilibre et se rattrapa de justesse au dossier d'un banc.

Le petit paraissait surexcité. C'était le fils du jeune Arnaud, un pêcheur de Sorgue.
— Lieutenant Thibodet, monsieur Monier, vite, il faut venir à Bouigas, il y a un macchabée qui flotte en plein milieu du bassin.

L'enfant poussa soudain un cri de douleur. La vieille Thérèse qui s'était approché en silence le prit par l'oreille.
— On ne dit pas de gros mots et on respecte les morts quand on est devant le Seigneur, dit-elle en désignant le Christ qui semblait le regarder d'un air amusé, du haut de sa croix.

L'enfant parti en courant tout en massant son oreille qui avait pris une drôle de couleur cramoisie.

Chapitre III

Lorsque Jules et Thibodet arrivèrent au bassin de Bouigas, ils trouvèrent un grand nombre de badauds massés près des parapets en pierres, qui observaient le macabre spectacle. Une sorte de brouhaha où se mêlaient des conversations, des petits cris et des interjections roulait le long des berges de la Sorgue.

En plein milieu du bassin, sur les eaux habituellement limpides de la Sorgue, mais depuis quelques jours rendues boueuses par le débit accru à cause des pluies d'hiver, flottait le corps d'un homme.
— Il faudrait décrocher un bateau pour aller le chercher, lança quelqu'un.
— Et tu sais les mener toi, ces bateaux, couillon...
— Demandons aux pêcheurs de le récupérer !
— Où alors on pourrait attendre que le courant déplace le cadavre...
— Prévenons la gendarmerie...

Chacun y allait de son commentaire, lorsque Jules et Thibodet s'avancèrent sur les marches du petit embarcadère qui permettait d'accéder à la rivière. Jules décrocha la grosse chaîne qui reliait son bateau au quai, s'agenouilla et dans un geste alternatif secoua la barque pour la vider de l'eau qu'elle contenait. Puis, il prit une des perches entreposées le long du mur et sauta dans l'esquif qui roula quelques secondes d'un bord sur l'autre, sous l'effet de son poids. Lorsqu'il fut stabilisé, il fit signe à Thibodet de monter et enfonça vigoureusement sa perche dans l'eau pour faire avancer la barque.

En quelques coups de gaffe, il fut près du noyé. Il immobilisa le bateau, pendant que Thibodet retournait le corps dont on ne voyait que le dos.

Le bassin de Bouïgas à toujours été un lieu important, pour les L'Islois. Port pour les pêcheurs, terrain de jeu pour les jouteurs...

— Ça alors, mais c'est Raboite, le boulanger de la rue de l'Épicerie, dit-il en regardant Jules.

Nouvelles interjections parmi les badauds.

Sur le quai, il y eut soudain un mouvement de foule, pour laisser passer trois gendarmes à cheval, conduits par le commandant Brunet.

L'officier mit pied à terre le premier et s'aventura prudemment sur les marches de l'embarcadère, prenant bien soin de ne pas mouiller ses bottes de cuir impeccablement cirées.

Les mains sur les hanches, il regarda le petit bateau à fond plat revenir vers la rive en traînant le cadavre du boulanger que Thibodet tenait par un bras.

— Pourquoi est-ce que je ne suis pas surpris, dit-il. C'est évident, chaque fois qu'on trouve un cadavre, Monier est dans les parages. Un jour ce sera le tien de cadavre que je viendrais chercher.

Un murmure de protestation s'éleva dans la foule. Jules était apprécié et respecté par les L'Islois et la remarque du gendarme leur déplut. Quelques insultes fusèrent même.

Jules plaça habilement son bateau, de manière à ce que Brunet et ses agents puissent récupérer le noyé qu'ils hissèrent ensuite sur la berge.

— C'est bien Raboite, souffla quelqu'un dans l'assistance.

Presque immédiatement, un cri retentit. Une femme d'une cinquantaine d'années bien en chair venait de s'évanouir, c'était l'épouse du mort. Un petit homme à lunettes avait eu le réflexe de la rattraper avant qu'elle ne chute sur le sol. Il vacillait sur ses jambes à cause du poids de la boulangère et de la manière dont il l'avait saisie, en empoignant ses deux énormes seins à pleines mains. Il poussa un cri de surprise lorsqu'une grande asperge toute sèche, lui asséna une gifle sonore.

– Mais chérie… balbutia-t-il.

La situation aurait pu être cocasse si le boulanger n'avait pas été allongé là, en bras de chemise, dégoulinant d'algues, avec ses yeux grands ouverts fixant le ciel et son visage tuméfié.

Entre temps, on avait prévenu le docteur Fayard qui arriva en portant une grosse sacoche de cuir noir.

Une nouvelle fois, la foule s'écarta pour laisser passer l'homme de l'art qui s'adressa à Jules en train de débarquer.

— Tiens, toi ici, pourquoi ça ne m'étonne pas ?

Le commandant Brunet fit un geste fataliste. Il n'était donc pas le seul à trouver cela bizarre.

— Que pouvez-vous me dire ? demanda l'officier au médecin qui s'était accroupi près de la victime.

Fayard leva les yeux au ciel.

— Que veux-tu que je te dise, couillon, j'arrive à peine. À part qu'il est mort…

Le vieux médecin avait fait sortir le commandant du ventre de sa mère, alors il ne se gênait pas pour lui dire sa façon de penser. L'officier ne répondit pas. Il ordonna à ses hommes de protéger la dépouille avec une couverture de selle et de disperser la foule.

— C'est étrange qu'il soit en bras de chemise avec cette température, tu ne trouves pas ? demanda Jules à Thibodet. S'il était accidentellement tombé à l'eau, il devrait avoir sa veste.

— Oui, tu as raison, c'est étrange !

Chapitre IV

Le lendemain la neige s'était remise à tomber. Ce n'était que de légers flocons, mais suffisants pour ne laisser dehors que les gamins engagés dans d'épiques batailles de boules de neige. Les rares L'Islois qui le pouvaient restaient bien à l'abri devant l'âtre de la cheminée, les autres, la grande majorité, après avoir profité de leur jour de repos hebdomadaire, avaient regagné les usines de soies, de laine et les tanneries dont les roues tournaient à plein régime.

Il en était ainsi dans la cité industrielle, depuis que les machines avaient pris le pouvoir, propulsant la vieille ville de pêcheurs vers le vingtième siècle et le progrès. Le travail ne manquait pas, mais c'était un travail harassant sale et mal rémunéré, qui permettait quand même de joindre les deux bouts. Alors, on faisait avec.

Les paysans et les quelques pêcheurs qui avaient refusé les embauches dans les fabriques, conservaient un peu de liberté, mais en payaient le prix.

Cette après-midi-là, Jules s'occupait, dans son petit atelier attenant à la maison, à forger une fichouire, sorte de fourche à sept branches terminées par un ardillon servant à harponner le poisson.

À grands coups de marteau, il frappait sur l'acier qui, sous l'effet de la flamme, avait pris une belle couleur cerise, lorsqu'on l'appela. Il trempa la pièce de métal dans l'eau, qui se mit à bouillir et se retourna.

Un gendarme se tenait dans l'embrasure de la porte.

— Monier, le commandant aimerait te voir, dit le militaire.

Jules fronça les sourcils. Le conditionnel ne faisait en général pas partie du vocabulaire de l'officier.

— Et qu'est-ce qu'il me veut ?

Le gendarme haussa les épaules.

— Sais pas, moi. T'as qu'a venir et il te le dira.

Jules considéra la fichouire au bout de sa pince. Elle était parfaite.

Il la déposa sur l'enclume, alla chercher sa veste de gros velours brun, pendue près de la porte et suivit le brigadier.

Quand Jules entra dans le bureau du commandant, ce dernier discutait avec Thibodet. En apercevant le pêcheur, il esquissa une grimace qu'il tenta de faire passer pour un sourire et désigna le siège en face de lui.

— Assieds-toi, Monier.

Jules s'exécuta et croisa les bras. L'autre se racla la gorge.

— J'ai besoin de toi, Monier. On pense que Raboite est tombé à l'eau à plusieurs kilomètres en amont du bassin. Sa femme nous a dit qu'il était parti vendredi pour livrer du pain dans plusieurs fermes isolées.

— Et elle ne s'est pas inquiétée de ne pas le voir rentrer ? s'étonna Jules.

Le gendarme eut un geste agacé :

— Ne commence pas à essayer de m'embrouiller, Monier... Ensuite, il devait aller à Avignon pour chercher des marchandises. Il ne devait revenir que le dimanche matin, le jour où on l'a trouvé. Il faut qu'on retrouve sa voiture pour savoir où il a glissé et à cause de la neige, il est difficile de circuler. En plus j'ai quatre gendarmes au lit avec la grippe. Je n'ai pas assez d'effectifs pour explorer toutes les berges de la Sorgue. Alors...

— Alors, si j'allais décrocher mon bateau et qu'avec quelques autres montres-culs on remontait la rivière et qu'on découvre la carriole de Raboite, ça t'arrangerait.

Brunet branla du chef.

— Bien sûr, je ne peux pas vous rémunérer pour ça. Mais sa femme a déjà perdu son mari, si en plus elle perd son âne, ça va faire beaucoup.

Jules secoua la tête.

— Toi, c'est ta délicatesse et ton bon cœur qui te perdront, Brunet.

Brunet désigna Thibodet :

— Tu peux emmener celui-là et même un autre gendarme si tu veux.

— Je me contenterai de ton lieutenant. Mais au fait, tu penses qu'il s'agit d'un accident.

Brunet le regarda d'un air ahuri.

— Et qu'est-ce que ça pourrait être ?

Jules haussa les épaules et sortit.

Lorsque Thibodet et lui furent dans la rue, ils constatèrent que la neige tombait toujours et que le ciel commençait à se parer des atours de la nuit.

— Tu ne crois pas qu'il s'agit d'un accident, pas vrai ? interrogea Thibodet.

— Mariette m'a raconté qu'il s'était battu avec un client, mais je pense que les hématomes qu'il avait sur le visage étaient bien plus récents que ça.

Le gendarme soupira.

— Le docteur Fayard nous donnera peut-être plus de détails demain. Il faut quand même retrouver sa voiture.

— On se voit demain matin à Bouigas, vers neuf heures. Pas la peine de partir plus tôt, le père Borel m'a dit que la neige tomberait jusque vers huit heures. Il se trompe rarement celui-là, dit Jules.

— Pour sûr, mais si tu comptes rentrer chez toi, tu trouveras porte close. Ta femme est chez moi, avec Violette à faire un brin de causette.

Jules éclata de rire. Ces deux-là étaient toujours fourrées ensemble.

— Alors, si elles font un brin de causette, on a le temps d'aller au Grand Café de la Sorgue pour prendre un Noilly Prat.

— Et même deux !

Tandis que les deux hommes remontaient vers le quai des Frères mineurs, pour rejoindre le cabaret, une silhouette blottie dans le renfoncement de la porte de la chapelle des Pénitents bleus leur emboîta le pas. Mais, au lieu de se diriger vers le grand café, elle bifurqua vers le bassin de Bouigas.

Chapitre V

Jules debout sur le parapet du bassin de Bouigas regardait avec consternation le triste spectacle qui s'offrait à lui. Dans la nuit, tous les bateaux avaient été fracassés et gisaient à présent au fond de l'eau.

Le cœur du pêcheur se serra ; c'était une véritable catastrophe économique pour les gens de la rivière qui venaient de perdre le peu qu'il possédaient, c'est-à-dire leur outil de travail.

Lorsque Thibodet arriva, vers neuf heures, comme convenu, il porta une main à sa bouche pour étouffer un cri de surprise.

— Mais qu'est-ce qui s'est passé ? réussit-il finalement à articuler en s'approchant de Jules, immobile comme une statue.

Ce dernier ne répondit pas tout de suite, l'émotion était trop forte. Ce fut la première fois que Thibodet vit son ami pleurer.

— Il semblerait que quelqu'un ne veuille pas que nous enquêtions sur la mort de Raboite. Mais ça ne va pas se passer comme ça !

Entre temps, d'autres pêcheurs, avertis du drame, arrivaient pour constater les dégâts. Le jeune Arnaud se prit la tête entre les mains, tandis que d'autres restaient apathiques à contempler le triste spectacle.

— Bon sang, mais qu'est-ce qu'on va faire, à présent, se lamenta Arnaud.

Jules fit un geste pour signifier qu'il n'en avait pas la moindre idée. Sur le quai, des hommes et des femmes s'étaient attroupés et la grogne montait.

— Jules, tu t'es encore occupé de choses qui ne te regardaient pas. Je suis sûre que c'est de ta faute tout ça ! cria la femme d'un pêcheur qui s'était assis sur le sol glacé, les jambes coupées par l'émotion.

— Oui, c'est de ta faute, Jules. Si tu voulais faire le policier, tu n'avais qu'à rester à Paris.

— Nous on est que des pêcheurs, on veut juste faire notre travail, et à cause de toi, on est ruinés.

Jules ne répondit pas. La tête basse, il reprit le chemin de sa maison sous les reproches de ses amis. Thibodet lui emboîta le pas.

Le jeune Arnaud, en colère, sauta sur le muret qui surplombait le bassin :

— Non, mais vous êtes tous devenus fous ou quoi. Jules a toujours agi pour le bien de tous. Qui, ici, a eu un jour à se plaindre de lui ? Il désigna un vieux pêcheur – toi, Cigalet, quand tu t'es cassé la jambe, qui est venu t'aider tous les jours pour ta pêche ? Et toi, Tautibus quand les gendarmes t'ont mis un procès pour braconnage, qui s'est porté garant pour toi ?

Cette harangue calma un peu les pêcheurs, mais quelques voix s'élevaient toujours. Le père Borel intervint à son tour :

— Eh oui, vous êtes tous des couillons et des égoïstes. Vous pensez à vos bateaux, mais vous croyez que Raboite il en a quelque chose à faire ? Des bateaux, ça se répare. On s'y mettra tous et ils seront prêts pour la saison de pêche. Allez, rentrez chez vous, maintenant. Dans cinq jours c'est Noël, on verra ça après.

Ce dernier discours eut raison des plus récalcitrants et, finalement, la foule se dispersa.

Lorsque Jules arriva chez lui, Mariette était déjà au courant. Elle l'attendait devant la porte et le serra contre elle, pour le réconforter. Elle fit signe à Thibodet d'entrer.

— Ne t'inquiète pas, mon chéri. Ils vont se calmer. Tu n'as rien fait de mal.

— Non Mariette, ils ont raison, c'est de ma faute tout ça.

Elle le prit par la main et l'attira vers la maison.

— Allez, viens, idiot. J'ai préparé du vin chaud avec du sucre et de la cannelle. Ça va vous requinquer.

Effectivement, le breuvage redonna un peu de cœur aux deux hommes.

— Mais pourquoi avoir détruit les bateaux, c'est stupide ? Ça ne va pas nous empêcher d'enquêter, dit Thibodet. Ça nous retarde tout au plus d'une demi-journée, voire d'une journée.

— C'est peut-être le but, murmura Jules.

Une fois de plus Thibodet était perdu. Il ne comprenait pas toujours les raisonnements de son ami.

— Je vais retourner voir le capitaine pour lui expliquer ce qui s'est passé. De toute manière, vous devez porter plainte.

Jules se redressa soudain.

— Ça attendra. Pour l'instant, peux-tu nous trouver deux bons chevaux ?

— Bien sûr, Jules, c'est possible.

— Alors, c'est parfait, cours les faire seller et reviens me chercher dans une heure. En attendant, j'ai quelqu'un à voir.

Thibodet vida son verre de vin à la cannelle et sortit immédiatement pour remplir sa mission.

Une heure plus tard, Thibodet était de retour, mais sans les chevaux.

— Inutile de partir à la recherche de la voiture de Raboite, dit-il. L'âne vient de la ramener tout seul à l'écurie. On y a trouvé quelque chose d'étrange, tu devrais venir voir.

Sur la Place de la Juiverie

CHAPITRE VI

Thibodet conduisit Jules, jusqu'au hangar situé sur la place de la Juiverie, qui servait à la fois de débarras, d'étable et de réserve à Raboite. C'était une vaste pièce, très haute de plafond dont le sol était recouvert de paille. Des sacs de farine étaient entassés contre un mur ; un peu plus loin on apercevait des outils usagés et des instruments de boulangerie mis au rebut.

Au milieu de l'entrepôt se trouvait la voiture du boulanger, une sorte de vieux tombereau aux ridelles rongées par le temps, dont la caisse était remplie de chiffons et contenait, en outre, un sac de pain tout détrempé par la neige. Un petit âne gris, dont le pelage était crotté dévorait les grosses poignées de fourrage que le commis de l'artisan, un garçon d'une quinzaine d'années, déversait dans son râtelier.

— La pauvre bête était affamée et frigorifiée, dit-il aux deux arrivants.

Jules fit le tour de la voiture.

— Qu'y a-t-il d'étrange ? demanda-t-il, à Thibodet.

— Regarde sous les chiffons !

Il s'exécuta et découvrit sous de vieux oripeaux qui servaient à caler les marchandises, trois poules mortes.

— Effectivement, je te le concède, voilà qui est étrange.

— Je ne sais pas ce que le patron faisait avec ces saloperies qui puent, dit le commis en rechargeant la mangeoire.

Jules approcha son nez des volailles et fit une grimace. Elles sentaient une forte odeur de pourriture. Il réfléchit quelques secondes :

— Thibodet, va tout de même nous faire seller deux chevaux. Je viens de voir la femme de Raboite qui m'a donné l'itinéraire de livraison de son mari. Nous allons essayer de remonter sa piste.

Une demi-heure plus tard, les deux hommes s'engagèrent sur le cours Salviati, grimpé sur des montures empruntées aux écuries Abraham. Le commandant Brunet estimant que, puisque la voiture de Raboite avait été retrouvée et que la mort du boulanger n'était qu'un banal accident, il n'y avait plus urgence à enquêter et qu'il n'était dès lors pas question d'utiliser les chevaux de la gendarmerie pour cette balade.

La neige avait rendu le chemin boueux et les bêtes s'enfonçaient jusqu'aux paturons. La situation ne s'améliora guère lorsqu'ils quittèrent le cours Salviati pour s'engager dans la campagne.

— Où allons-nous ? demanda Thibodet.

— La femme de Raboite m'a dit que le premier endroit qu'il devait approvisionner était le château de Saumane. Ensuite il devait passer à la Vignerme et faire un crochet par Lagnes pour servir une ferme isolée. En remontant sa piste, nous verrons bien jusqu'où il est allé.

Il leur fallut environ une heure pour rejoindre le village de Saumane, dominé par les hautes murailles de l'ancien château de la famille de Sade, aujourd'hui propriété de la famille Croset.

Ils durent mettre pied à terre sur la place du lavoir et poursuivre l'ascension vers la forteresse en tenant leurs bêtes à la bride, tant la montée était raide et rendue glissante par la neige.

Ils attachèrent les chevaux à un arbuste, sur l'esplanade prolongée par une passerelle de pierre permettant d'accéder à la grande porte voûtée. Ils grimpèrent jusque dans la cour principale par une petite calade en S.

Un homme rond, le crâne protégé par un épais bonnet de laine beige et enveloppé dans une pelisse de la même couleur vint à leur rencontre. C'était le propriétaire des lieux que Jules comme Thibodet connaissaient bien.

Monsieur Croset les accueillit avec un sourire bienveillant. Les visites étaient plutôt rares en cette saison et le châtelain se réjouissait de voir des visages familiers.

Avant même de s'enquérir du motif de leur présence, il les invita à entrer et les conduisit à la cuisine.

— Allons, vous tombez bien, mes amis, Solange – c'était la bonne – est en train de préparer du chocolat chaud, vous en prendrez bien une tasse ?

Jules et Thibodet acceptèrent. Solange servit trois bols fumants qui dégageaient une délicieuse odeur de cacao.

— Alors, si vous me disiez ce qui vous amène ?

Jules lui raconta le motif de leur expédition. Croset hocha gravement la tête.

— Je ne peux pas te dire s'il est venu, j'étais à Paris quelques jours, pour mes affaires. Je ne suis rentré qu'hier.

— Il est bien passé, samedi matin. Il a apporté le pain pour la semaine et quelques gâteaux aussi, intervint Solange en servant une nouvelle tournée de chocolat.

— Est-ce qu'il était blessé ? questionna Jules.

Solange agita la main et afficha un sourire entendu.

— Il avait un beau cocard à l'œil droit. Mais ça devait dater de quelques jours déjà.

— De son altercation avec le client confirma Thibodet. Et puis ?

— Et puis je l'ai payé et il est parti vers la Vignerme.

— Et tu ne l'as pas revu, après ?

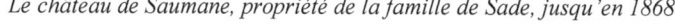

Le château de Saumane, propriété de la famille de Sade, jusqu'en 1868

Solange fronça les sourcils :

— C'est drôle que vous me demandiez ça, parce que le lendemain, il m'a semblé le reconnaître sur le chemin qui descend au village. Je revenais d'acheter des œufs à la mère Martin mais quand je suis arrivée à sa hauteur, je me suis aperçu qu'il s'agissait d'un vagabond qui portait une veste presque pareille à la sienne, en velours vert avec des épaulettes rouges.

Jules et Thibodet se regardèrent. Le boulanger avait été retrouvé en bras de chemise et sa chemise était déchirée.

— Tu le connais, ce vagabond ? demanda Jules à la domestique ?

— Il me semble qu'il loue parfois ses bras à la Vignerme. Il fait un peu de tout.

Les deux hommes prirent congé et redescendirent par la calade pour récupérer leurs chevaux qui attendaient sagement sur l'esplanade.

— Tu crois que le vagabond aurait pu tuer Raboite pour le voler ? interrogea Thibodet en montant en selle.

— Et ensuite, le transporter sur plusieurs kilomètres pour le jeter à la Sorgue ? C'est possible, mais j'ai l'impression que nous allons bientôt le savoir, répondit Jules en désignant un homme qui se dirigeait vers le village. Veste de velours vert et épaulettes rouges…

Chapitre VII

Lorsqu'il aperçut le vagabond qui portait la veste de Raboite, Thibodet sauta de sa monture et courut vers lui. L'homme, pas très grand, maigre et le visage mangé par une barbe blanche très clairsemée, ouvrit de grands yeux effrayés en voyant le gendarme se précipiter à sa rencontre.

— Eh toi, reste où tu es ! ordonna Thibodet.

Le vagabond se figea. Ses jambes se mirent à trembler. Thibodet l'empoigna par la manche de la veste. L'homme grimaça de douleur.

— Où est-ce que tu as eu ceci ? questionna sévèrement le militaire en désignant le vêtement.

— Je l'ai trouvé, balbutia le pauvre bougre.

— Trouvé ? Tu te moques de moi ?

— Non, gendarme, je vous jure…

Jules arriva à son tour.

— Comment est-ce que tu t'appelles, demanda-t-il à l'homme qui semblait sur le point de défaillir.

— Théophile !

— Théophile comment ?

L'homme haussa les épaules.

— On ne m'a jamais donné de nom, mais on me dit Camparou.

— Eh bien Camparou, tu vas venir avec nous au château, nous allons parler un peu. Je suis sûr que monsieur Croset se fera un plaisir de t'offrir un chocolat chaud, dit Jules.

— Un chocolat chaud ? répéta Camparou, surpris et ravi à la fois.

— Eh bien, mes amis, vous avez déjà trouvé votre homme ? s'étonna le propriétaire des lieux en les voyant revenir dans le jardin.

— Nous voudrions l'interroger, mais dehors, il fait vraiment froid, dit Jules.

Croset leur désigna la grande porte qui donnait directement sur les cuisines.

— Eh bien entrez, nous allons faire servir quelque chose à cet homme.

Jules, Thibodet et Croset, un peu en retrait, observaient le vagabond qui avalait la deuxième tasse de chocolat que Solange venait d'apporter.

— C'est une drôle de technique d'interrogatoire, s'étonna Thibodet. On ne devrait pas plutôt le secouer pour voir ce qui tombe de l'arbre ?

— Si on le secoue, comme tu dis, soit on n'en tirera rien, soit il nous racontera ce que nous avons envie d'entendre. Une fois qu'il sera ramolli, il parlera, affirma Jules, presque à voix basse.

— C'est intelligent, approuva le châtelain.

Thibodet observait Camparou qui avait terminé sa collation et se tordait à présent les mains. Il paraissait extrêmement inquiet.

— Tu crois que monté comme il est il aurait pu tuer un costaud comme Raboite, demanda-t-il à Jules ?

— C'est possible, s'il l'a pris par surprise.

Quand l'homme eut fini son chocolat, Jules saisit une chaise qu'il retourna et s'assit face à lui, les coudes en appui sur le dossier.

— Alors Camparou, si tu nous disais tout, à présent. Tu l'as eu comment cette veste ?

Ce disant, Jules posa sa grosse main sur l'avant-bras de Camparou qui grimaça une nouvelle fois. Jules souleva la manche et découvrit une plaie purulente.

— C'est une méchante blessure que tu as là, l'ami, remarqua-t-il.

— Je me suis brûlé à la forge, ça passera. J'ai connu pire. Et pour la veste, je vous jure que je l'ai trouvée !

— Où ça ?

— À un kilomètre d'ici, environ, en allant vers la ferme de mon patron, sur le chemin de Saint Gens.

— Sur la route que devait suivre Raboite, donc, précisa Thibodet.

Jules plissa un peu les yeux et planta son regard dans celui du vagabond :

— Camparou, je sens que tu ne me racontes pas tout. Tu vois, je ne crois pas que tu as tué le boulanger, mais le lieutenant de gendarmerie qui est là le pense, lui. Et au final, c'est lui qui décidera de t'envoyer à la guillotine ou pas. Alors, si tu sais quelque chose, il faut le dire maintenant.

L'autre se mit à trembler et baissa les yeux.

— Oui, j'ai bien vu quelque chose.

— Quoi donc ?

L'homme haussa les épaules, il ne voulait pas parler. Thibodet qui avait compris le rôle que voulait lui attri-

Les Chroniques de l'Isle-sur-Sorgue

Escalier monumental à l'intérieur du château de Saumane

buer Jules, frappa du plat de la main sur la table, faisant tressaillir la vaisselle qui s'y trouvait.

— Eh bien ce n'est pas grave. Moi on m'a demandé de ramener un coupable, pour la guillotine, alors je vais en ramener un.

Camparou eut un mouvement de panique.

— Pas l'Abbaye de Monte-à-regret ! gémit-il. Je n'y suis pour rien. J'ai vu le boulanger arrêter sa carriole quand un homme est arrivé sur le chemin. Ils se sont bagarrés comme des chiffonniers, les deux boug.

Jules poursuivit l'interrogatoire :

— Quel homme ?

Le vagabond hésita :

— Un homme costaud et très violent, avec une barbe noire. Je l'ai déjà aperçu plusieurs fois traîner aux alentours de Saumane, ces derniers mois.

— Tu as vu le boulanger se battre avec lui en allant ou en revenant de faire sa livraison à la Vignerme ?

— C'était sur le chemin du retour ! Près du gros chêne, un peu avant l'endroit où le sentier fait une fourche qui part d'un côté vers Saint-Gens et de l'autre vers la Vignerme.

— Et qui a eu le dessus, dans la bagarre.

Le vagabond fit signe qu'il n'en savait rien :

— Ils ont disparu dans la forêt pour continuer à se battre. Le boulanger a quitté sa pelisse pour être plus à l'aise et l'a jetée dans la voiture. C'est là que je l'ai prise.

— Tu avoues donc l'avoir volé ? Gronda Thibodet.

L'homme baissa les yeux :

— Oui, c'était une belle veste, bien chaude. J'en ai pas moi de veste comme ça. Mais en tout cas, elle sentait très mauvais, un peu comme de l'œuf pourri. J'ai dû l'aérer pendant toute une nuit avant de pouvoir la porter. C'était la même odeur que dans le poulailler de mon patron, quand toutes les volailles ont crevé en même temps.

Jules, Thibodet et le châtelain se regardèrent, surpris.

— Ça, c'est vraiment bizarre, dit Croset. Moi également, toutes mes poules sont mortes, dans la nuit de vendredi à samedi. J'ai aussi senti cette drôle d'odeur et j'ai trouvé ça.

Il alla vers un placard qu'il ouvrit et revint en portant une petite boîte qui contenait de fins éclats de verre.

— Je crois que c'était l'odeur du diable, marmonna le vagabond.

— Et le boulanger ? questionna Jules pour couper court aux spéculations de Camparou ?

— Je suis repassé, dans l'après-midi et sa carriole n'était plus là. J'ai pensé qu'il avait continué sa tournée.

Thibodet se pencha vers le vagabond, par dessus la table. Il le fixa intensément :

— Je ne vais pas t'arrêter tout de suite, mais tu vas retourner à la Vignerme et y rester. Si tu essaies de t'enfuir, je t'assure que je te retrouverai.

L'homme lui attrapa la main :

— Merci, gendarme. Mais… est-ce que je peux garder la veste ?

— Non, désolé, la veste on va la reprendre, c'est peut-être une pièce à conviction.

— Mais il gèle, dehors !

— Ce n'est pas grave, intervint monsieur Croset. Je vais t'en donner une autre de veste, bien plus chaude que celle-là.

Les yeux du vagabond s'illuminèrent.

— Merci maître Croset ! dit-il avec gratitude.

— Encore une chose, demanda Jules. Par où le boulanger et celui avec qui il se battait sont-ils partis.

— Ils ont pris le chemin de Saint-Gens puis le petit sentier qui tourne sur la droite.

— Vers la ferme abandonnée ? intervint monsieur Croset.

— Oui, c'est bien ça !

Après avoir récupéré leurs chevaux, Thibodet et Jules empruntèrent la direction que leur avait indiquée le vagabond. À moins de deux kilomètres du château, ils trouvèrent la clairière où avait eu lieu la bagarre. Bien que la neige soit tombée, la nuit précédente, on voyait encore des traces de lutte sous le grand chêne. Des branches étaient cassées et on devinait les marques des roues de la charrette de Raboite.

Jules mit pied à terre et observa les profonds sillons imprimés dans le sol détrempé :

— Regarde, les empreintes repartent en direction de Fontaine-de-Vaucluse. Raboite a donc récupéré sa voiture après l'altercation. Il n'a pas été tué ici.

— Et si on allait faire un tour vers la ferme abandonnée ? proposa Thibodet.

Jules remonta en selle :

— Allons jeter un œil, ça ne coûte rien !

Ils chevauchèrent quelques minutes avant d'arriver au bas d'une butte au sommet de laquelle se trouvaient les ruines d'une assez grosse ferme. La plupart des bâtiments étaient écroulés, mis à part un édifice rectangulaire qui conservait sa toiture presque intacte.

Les deux hommes mirent pied à terre et durent attacher leurs montures qui se montraient rétives. À cet endroit, la couche de neige était épaisse et avait totalement recouvert les traces qu'ils avaient suivies jusque-là.

Ils s'avancèrent vers l'édifice le mieux préservé et sentirent presque simultanément une odeur nauséabonde.

— Un animal crevé ? risqua Thibodet en extrayant son arme de service de son étui.

Jules fit une grimace très significative. Il n'y croyait pas beaucoup.

Ils entrèrent avec précaution dans une salle qui avait dû être une étable à en juger par les râteliers encore en place sur les murs autrefois blanchis à la chaux.

— Regarde, dit Jules en désignant une grosse pierre ensanglantée abandonnée sur le sol. Il y avait aussi une large tache foncée qui faisait une auréole juste à côté.

— On s'est battu ici, confirma Thibodet.

La pièce était séparée en deux par une toile brune en coton huilé qui montait jusqu'au plafond. Ils s'avancèrent prudemment et soulevèrent un pan de la bâche.

— Mais bon sang, c'est quoi ce truc ? s'exclama Thibodet

CHAPITRE VIII

*T*hibodet remit son arme à l'étui et s'avança dans une pièce, plus petite que la précédente, encombrée de tables et d'étagères contenant des ustensiles en cuivre. Il y avait des tuyaux, des serpentins, des casseroles…

— Drôle de cuisine ! s'étonna le gendarme en se tournant vers Jules qui semblait perplexe.

— C'est un laboratoire !

— Il pourrait s'agir de bouilleurs de cru, à ton avis ?

Jules secoua négativement la tête. Il n'avoua pas à son ami que, dans ses jeunes années, son père s'adonnait parfois à cette activité dont il connaissait bien les us et coutumes.

— Tous ces appareils me paraissent un peu trop sophistiqués pour distiller de l'alcool. Et on dirait que plusieurs éléments ont été démontés.

— De la drogue ?

— C'est possible, ça expliquerait l'odeur, à cause des produits chimiques. Quand nous serons rentrés à L'Isle, il faudra faire conduire ici le docteur Fayard, pour voir s'il a une idée de ce qui pouvait être fabriqué dans ces containers.

En disant cela, Jules avait fait quelques pas dans le laboratoire. Une série de petits craquements, sous ses semelles, l'alerta. Il se baissa pour découvrir ce qui avait provoqué ce bruit.

— Regarde, Thibodet, on dirait des fragments de verre. Ce sont les mêmes que ceux que nous a montrés monsieur Croset.

Jules porta les éclats à son nez et fit une grimace. Il en émanait une odeur piquante.

— Allons nous-en, dit-il nous ne trouverons rien de plus ici. Je pense que le ménage a été fait. Faisons quand même un tour de la maison.

Ils contournèrent le bâtiment. La neige avait recouvert la campagne d'un tapis uniforme. Seul un carré de terre paraissait dégagé, derrière une bute constituée par un tas de gravas. Jules et Thibodet se regardèrent. Cela ne présageait rien de bon.

Thibodet alla décrocher la pelle pliante de son paquetage et se mit à creuser. Très vite un visage émergea de la boue.

— Ça alors, mais on le connaît, ce paroissien.

— Je crois que l'abbé David va nous faire une jaunisse, c'est Léonard Vinci. J'espère qu'il avait terminé son travail pour le soir de Noël.

Les deux hommes retournèrent à la clairière d'où partaient les traces de la voiture de Raboite et les suivirent autant qu'ils le purent. Mais bientôt la nature du sol changea et la boue mêlée de neige fit place à un affleurement rocheux qui masqua totalement les empreintes des roues. Ils arrivèrent, au début de l'après-midi, devant un cabanon très bien entretenu. C'était une véritable petite maison de campagne avec un auvent et un rosier près de l'entrée, qui devait être magnifique au moment de la floraison. La cheminée, sur le toit de tuiles rouges fumait et dégageait une agréable odeur de résineux brûlés. À droite de l'habitation se trouvait un appentis sous lequel on apercevait une voiture bâchée.

Depuis quelques kilomètres, les chevaux semblaient nerveux, comme ils l'avaient été en arrivant près de la ferme abandonnée.

Ils firent le tour de la maison pour vérifier si les traces de la charette du boulanger réapparaissaient, mais ne découvrirent rien.

La porte, sous l'auvent, s'ouvrit et une jeune femme qui avait à peine dépassé la vingtaine sortit. Elle avait jeté un châle sur ses épaules et ses cheveux blonds étaient en bataille. Elle plissa un peu les paupières à cause de la réflexion du soleil sur la neige.

— Gendarmerie nationale ! lança Thibodet en s'approchant.

— Et que puis-je faire pour la Gendarmerie nationale ? demanda-t-elle d'un air narquois.

Les Chroniques de l'Isle-sur-Sorgue

Jules et Thibodet mirent pied à terre et s'avancèrent en tenant les chevaux au licol. Thibodet poursuivit :

— Je peux savoir votre nom mademoiselle ?

— Adeline Féréol !

— Est-ce que vous avez vu passer une voiture, samedi dernier ?

Ses yeux bleus prirent une expression de moquerie :

— Plusieurs même !

— Celle d'un boulanger de L'Isle.

Elle réfléchit un instant :

— Mais oui, il allait vers Fontaine-de-Vaucluse. Je lui ai même acheté du pain.

— Il t'a paru comment ? questionna Jules.

Elle eut l'air étonnée :

— Physiquement ?

Elle jouait un étrange petit jeu avec eux.

— Est-ce qu'il avait l'air d'avoir peur, d'être en danger ?

— Il avait l'air un peu nerveux.

Thibodet intervint :

— Vous êtes seule ici, mademoiselle ?

— Je ne crois pas que cela vous regarde !

— J'ai aperçu quelqu'un derrière les rideaux !

— Et alors, pourquoi est-ce que vous me posez la question ? Je vous ai dit que cela ne vous regardait pas.

— J'aimerais juste interroger la personne qui est là. Nous enquêtons sur deux meurtres, mademoiselle Féréol, dit Thibodet en s'avançant vers l'auvent.

Elle fit littéralement un barrage de son corps.

— Laisse-les entrer, dit une voix provenant de la maison.

Jules et Thibodet reconnurent immédiatement Alexandre Viaud, l'apothicaire qui tenait boutique dans la rue Carnot. Viaud était marié avec la fille d'un important lainier de la ville. Son père était une grosse fortune l'Isloise, mais il n'avait hélas pas réussi à acheter la beauté à sa descendance, pas même la beauté intérieure. Madame Viaud était non seulement laide, mais bête comme chou. Tout le monde savait que l'apothicaire collectionnait les aventures. C'était donc ici qu'il recevait ses maîtresses.

— Allez, messieurs, venez boire quelque chose de revigorant. J'ai du vin chaud dans l'âtre. J'espère que je peux compter sur votre discrétion.

Il s'écarta, sans attendre la réponse, pour laisser passer les deux enquêteurs, puis la jeune femme qui lui lança un regard assassin.

L'intérieur de la maison était coquet, sans être ostentatoire. Deux fauteuils, un divan qui faisait face à une cheminée rustique, une table à manger et un grand buffet, c'était à peu près tout. À droite de la cheminée sur laquelle était posée une jolie pendule en marbre blanc se trouvait une porte qui donnait probablement dans la chambre.

Viaud leur fit signe de s'asseoir leur servit deux verres de vin chaud et en prit un autre pour lui. Adeline s'installa à la table à manger, un peu à l'écart.

— J'ai appris, pour Raboite, dit-il en avalant une gorgée d'alcool. C'est terrible. On n'a pas l'habitude de ce genre de chose dans notre petite ville. Je vous ai entendu parler de deux meurtres ?

— Nous venons de découvrir un autre corps, pas très loin de chez toi, dit Jules.

— Ça alors, mais c'est incroyable ! Bon sang, quelle époque. Il faut dire qu'avec tous ces youpins qui traînent, toujours prêts à faire un mauvais coup…

Jules et Thibodet eurent un sursaut d'indignation.

— Pourquoi dis-tu cela ? questionna Jules, extrêmement calme.

L'apothicaire pinça les lèvres et balança la tête de droite à gauche, comme s'il s'apprêtait à révéler un grand secret :

— Je dis seulement que vous devriez vous intéresser à ce Milhaud qui a une ferme à trois ou quatre kilomètres d'ici. Il a eu une altercation avec Raboite, il y a peu. Je crois que c'est même allé assez loin. D'ailleurs quand il est parti, il a dû filer tout droit là-bas. Depuis le début de « l'affaire », ces gens-là ont une haine viscérale contre nous.

— Très bien, monsieur Viaud, nous allons y passer, dit Thibodet en se levant. Il posa son verre sur la table.

— Vous ne finissez pas votre vin chaud, lieutenant ? demanda l'apothicaire.

— Je suis assez réchauffé comme ça, répondit Thibodet avec un petit sourire qui tentait de dissimuler une expression de mépris.

Une fois dehors, Thibodet inspira profondément.

— Quel sale type ! dit-il !

Jules lui tapota sur l'épaule. Lui non plus n'aimait pas ce Viaud.

— Allons tout de même voir ce Milhaud.

L'argent reste un des meilleurs mobiles de meurtre.

Chapitre IX

Jules et Thibodet mirent moins d'une heure pour atteindre la ferme de Milhaud. Lorsqu'ils pénétrèrent dans la cour, une ribambelle de gamins en pleine bataille de boules de neige se débanda comme un vol de moineaux en poussant de petits cris aigus. Les enfants se réfugièrent dans le corps principal du bâtiment, un édifice en assez mauvais état dont la toiture ressemblait à un costume d'Arlequin à force d'avoir été rapiécée.

Les deux hommes descendirent de leur monture et s'avancèrent vers un hangar dont la double porte en bois, rongée par le temps, était ouverte. On entendait, à l'intérieur, les coups réguliers du marteau sur l'enclume.

— Oh là, il y a quelqu'un ! cria Thibodet.

Il n'obtint pas de réponse, mais le rythme des coups provenant de la grange ralentit. Le gendarme lança un nouvel appel. Cette fois, les coups cessèrent et bientôt un homme apparut. Thibodet retint sa respiration.

C'était un véritable colosse qui devait mesurer dans les un mètre quatre-vingt-dix. Il était torse nu, vêtu seulement d'un tablier de cuir et transpirait malgré le froid de cette fin d'après-midi. Ses muscles brillaient sous sa peau et, la masse qu'il tenait à la main semblait pour lui aussi légère qu'une plume.

Jules s'avança le premier :

— C'est toi, Milhaud ?

Le colosse fit oui de la tête.

— Tu es au courant du meurtre de Raboite, le boulanger ?

Nouveau hochement de tête. Jules poursuivit son monologue :

— Est-ce que tu l'as vu, récemment ?

L'homme eut une sorte de rictus. Il pointa Jules du menton :

— Je te connais, toi. Tu es Jules Monier, pêcheur de Sorgue. T'as rien d'autre a faire que de traîner avec les argousins ?

Thibodet, piqué au vif s'avança, mais Jules lui barra le passage de son bras puissant.

— Non, je n'ai rien de mieux à faire pour l'instant. Alors, tu l'as vu ou pas ?

— Non, il y a une éternité que je ne l'ai pas vu.

— Tu ne nous raconterais pas des fadaises par hasard ? s'énerva Thibodet. Parce que si non, je reviendrai avec toute une escouade de gendarmes et on fouillera ta maison du sol au grenier. On pourrait même t'inviter à passer un peu de temps en cellule, à moins que tu n'aies fait quelque chose au boulanger, dans quel cas, tu pourrais finir sur l'Abbaye de Monte-à-regret. Je ne pense pas que ta femme et tes enfants apprécieraient.

Ce dernier argument paru porter ses fruits, car l'homme se radoucit un peu.

— Je vous assure que je n'ai pas vu cette espèce de salopard depuis au moins trois semaines.

— Pourquoi est-ce que tu parles ainsi de lui ? questionna Jules.

— Je me comprends !

— Peut-être, mais là c'est nous qui devons comprendre, intervint Thibodet. C'est en rapport à la somme d'argent que tu lui devais ?

Milhaud eut un sourire méprisant et secoua la tête.

— Vous êtes au courant de ça ? Tu parles d'une somme, trois miches de pain qu'il voulait nous faire payer bien cher.

— Explique-toi ! lui intima Jules.

— Eh bien, le mois dernier, j'étais parti pour Le Thor, afin d'aider un ami à réparer sa grange. Il devait me donner un peu d'argent, parce qu'on est complètement raide. Quand Raboite est passé faire sa tournée, ma femme lui a pris trois pains en lui demandant de payer plus tard. Il a dit oui, mais au retour de ses livraisons, il est repassé. Il avait pas mal picolé et a exigé que ma femme le règle… en nature, si tu vois ce que je veux dire.

— Je vois, murmura Jules. Et comment est-ce que ça s'est terminé ?

— Eh bien je suis arrivé à ce moment-là et je l'ai mis dehors à grands coups de pied au cul. En partant, il m'a promis que des gens allaient bientôt me faire ma fête et que ce serait bien fait pour ma gueule. Je suppose que c'est lui ou ses copains qui ont tué tous mes animaux, six poules et trois beaux lapins. On n'a même pas pu les manger.

— Pourquoi ça ?

— Le chien a volé une poule et l'a mangée, un quart d'heure après, il était crevé. Du poison, je pense.

Jules lissa sa grosse moustache pour en chasser le givre qui commençait à s'y accumuler. Le jour baissait et la température fraîchissait :

— Ça s'est passé quand ?

— Dimanche soir !

— Raboite n'y est donc pour rien. Il était déjà mort à cette heure-là, dit Thibodet en murmurant presque à l'oreille de Jules.

— Très bien Milhaud, dit le pêcheur. On va te laisser à tes occupations.

Ils remontèrent à cheval et repartirent au petit trot, afin de rejoindre la ville avant la tombée de la nuit. Ni l'un ni l'autre n'avait envie de dormir dehors, d'autant plus que le ciel recommençait à déverser ses flocons. Ils décidèrent de poursuivre leurs investigations le lendemain.

— Qu'est-ce que tu penses de ce type ? questionna Thibodet en relevant le col de sa grosse veste de laine.

— C'est un sanguin. Il aurait pu tuer Raboite d'un seul coup de poing sur la tête. Mais il n'aurait jamais été capable d'une telle mise en scène. Et puis c'est quoi toutes ces histoires d'animaux morts. Une vengeance ? Mais par qui et pourquoi ?

— Oui, c'est très étrange, admit Thibodet en piquant un peu sa monture pour la stimuler, mais n'éliminons pas ce gaillard de la liste de nos suspects, pour l'instant.

Chapitre X

*L*e lendemain, la neige, qui avait recommencé à tomber en abondance mit un terme au projet de Jules et de Thibodet de poursuivre leurs investigations.

Si Milhaud avait bien dit la vérité et n'avait pas vu passer le boulanger, le jour de sa mort, cela voulait dire qu'il avait été tué entre sa ferme et le cabanon de l'apothicaire, à moins bien entendu, que Raboite n'ait emprunté un autre chemin pour éviter de se retrouver face au colosse.

Comme il ne pouvait rien faire de plus, à cause de la neige, Jules s'était remis au travail, dans l'église, pour préparer les décorations de la sainte nuit qui approchait à grands pas.

L'abbé David regardait avec satisfaction son ouaille grimpée sur une échelle pour accrocher des bougies

Le portrait : Rose Goudard

Une sépulture presque anonyme dans le cimetière de L'Isle-sur-la-Sorgue, la tombe de Rose Goudard

La place Rose Goudard, située juste derrière les locaux de la Police municipale, accueille, tous les dimanches et tous les jeudis, les marchés de la ville. Le reste de la semaine, elle se transforme en parking bien pratique pour les usagers de la ville : clients des commerces et des restaurants, visiteurs…

C'est une place pleine de charme que tous les L'Islois connaissent, mais savent-ils qui était Rose Goudard ? Cela est moins sûr. Et pourtant, cette dame a beaucoup compté pour la ville.

Rose (Eugénie-Angélique) Goudard est née le 4 janvier 1870 à Cheval-Blanc, dans le Vaucluse et décédée le 9 novembre 1951 à L'Isle-sur-la-Sorgue, à l'âge de 81 ans.

Elle est la plus jeune d'une famille de six enfants. Ses parents étaient épiciers.

Institutrice laïque, elle est nommée sous-directrice de l'école maternelle en 1891. Elle s'installe dans la maison qu'elle habitera toute sa vie, au 19, rue de l'Arquet qui prendra son nom après sa mort.

Elle fait toute sa carrière à L'Isle, à part une escapade à Pernes et à Sarrians, entre 1893 et 1898.

Mais, si Rose Goudard s'est occupée des petits L'Islois durant trente et un ans, en tant que sous-directrice, puis directrice de l'école maternelle, c'est pour son implication dans les œuvres sociales qu'elle aura été honorée par la ville.

En effet, mademoiselle Goudard – elle ne s'est jamais mariée – a travaillé durant toute son existence pour le bien des autres et plus particulièrement pour celui des enfants.

Durant toute la guerre de 1914-1918, elle s'emploie activement à ce que l'on appelle les œuvres de guerre, c'est-à-dire d'associations destinées à venir en aide aux combattants et à toutes les victimes du conflit : prisonniers, réfugiés, veuves…

Par la suite, elle se lance dans l'aide et l'accompagnement des pupilles de la nation.

Elle donne tout son temps libre aux oeuvres caritatives durant la période où elle est en activité, et son investissement personnel augmente encore à l'heure de la retraite où elle devient une figure incontournable dans la ville, en matière sociale.

On la voit œuvrer dans des associations telles que : Les enfants à la mer ; Goutte de lait ; La Layette et bien d'autres organismes aujourd'hui disparus, mais qui apportèrent soutien et réconfort à un grand nombre de L'Islois, de tous âges et de toutes conditions.

Sa fougue et sa détermination à venir en aide aux démunis dureront presque jusqu'à son dernier souffle.

Au début de l'année 1951, elle adresse une lettre à la municipalité de L'Isle-sur-la-Sorgue pour l'informer que son état de santé ne lui permet plus d'assumer ses fonctions au sein des œuvres sociales. Elle décède quelques mois plus tard. En hommage à cette grande dame, la municipalité décide de rebaptiser la rue où elle vivait, pour lui donner son nom.

En 1963, plusieurs bâtiments, dont une école de filles, désaffectée depuis quelques années, sont abattus, afin de dégager de l'espace et de créer une place. À l'heure de trouver un nom pour cette nouvelle entité, le choix s'impose rapidement et c'est celui de Rose Goudard qui est choisi.

Vous connaissez l'histoire de cette femme engagée et pleine de conviction, certainement modeste à un tel point que, malgré nos recherches, nous n'avons pas réussi à mettre la main sur un seul portrait d'elle.

Il en existe probablement et, si vous en possédez un, n'hésitez pas à nous le faire savoir en envoyant un message à contact@editionsduvenaissin.fr ou en laissant un MP ou un post sur la page Facebook du magazine : https://www.facebook.com/Chroniquesdelisle/

supplémentaires dans la chapelle où la crèche était installée.

— Encore quatre jours, mon cher Jules, dit le prêtre en se frottant les mains. Je pense déjà à l'excellent repas que nous aurons concocté Mariette et Violette. Quelles perles que ces deux femmes !

— C'est surtout qu'elles ont des maris exceptionnels, plaisanta le pêcheur.

l'écclésiastique lança un regard plein de reproches :

— Péché d'orgueil, dit-il. Mais au fait, où est-il l'autre homme extraordinaire ? On ne l'a pas vu, ce matin.

— Je préfère être à ma place qu'à la sienne, répondit Jules. Il avait rendez-vous à la morgue pour assister à l'autopsie de Raboite.

Le prêtre fit une grimace de dégoût :

— Pauvre homme, même si ce qu'il a voulu faire à madame Milhaud est inacceptable, il ne méritait pas de mourir ainsi.

— Personne ne le mérite. Il ne vous a rien dit de spécial, concernant la soirée de Noël ou la messe de minuit ?

— Rien de particulier !

— Il n'a jamais prononcé de paroles qui auraient pu laisser penser qu'il était… antisémite ?

Le curé écarquilla les yeux :

— Tu plaisantes ? C'était peut-être une fripouille et un coquin, mais ça non. Il s'est même battu, l'autre jour, avec un de ses clients qui tenait des propos anti-dreyfusards.

— Mariette m'a dit ça !

— Mais oui, et d'ailleurs tu as rencontré son adversaire ici même, dimanche dernier.

— Vous parlez de Léonard Vinci ?

— Absolument.

Jule fit une pause, descendit de son échelle et s'assit sur l'un des barreaux :

— Vinci qui est mort également. C'est curieux, rien ne colle dans cette affaire.

— Et encore, tu n'es pas au bout de tes surprises !

Jules et le prêtre se tournèrent vers Thibodet qui arrivait en brandissant une chemise cartonnée.

— Le docteur Fayard a rendu son verdict et c'est assez étonnant. Mais je dois aller perquisitionner chez monsieur Vinci, à Velleron, si tu m'accompagnes, je te raconterai tout ça en chemin. J'ai un cheval sellé, pour toi.

L'abbé leva les yeux vers le tympan de la collégiale où une peinture représentait le roi de la Sorgue entouré de sa cour.

— Allez, vas-y, je vais bien trouver une bonne âme pour finir de suspendre les lumignons, dit-il à Jules.

Quelques minutes plus tard, Jules et Thibodet quittaient la ville par la Porte d'Avignon et prirent le chemin de Velleron.

— Alors ? Tu m'expliques ce qu'il y a dans ce rapport. Raboite est mort à cause du choc sur la tête ou a-t-il été empoisonné ? demanda Jules, lorsque les dernières maisons eurent disparu derrière eux.

— Tu m'énerves parfois, Jules ! Il est mort d'une hémorragie cérébrale. Et le toubib a dit qu'il était probablement tombé plusieurs minutes après avoir pris le coup fatal.

Jules fronça les sourcils. Cette révélation ne le surprenait qu'à moitié.

— Et pour les poules ?

— Fayard m'a rétorqué qu'il n'avait pas fait des années d'études pour découper des volailles et que je n'avais qu'à m'adresser au boucher.

— Dommage, j'aurais bien aimé savoir ce qui leur était arrivé à celle-là.

Thibodet ne put réprimer un sourire.

— Tu es donc allé voir le boucher pour autopsier les poules ? s'exclaffa Jules

— Bien sûr, il n'a pas pu me révéler la cause exacte de la mort, mais en tout cas, elles étaient comme brûlées à l'intérieur.

— De plus en plus étrange, marmonna Jules.

À l'entrée de Velleron, les deux hommes ralentirent.

— Il faut prendre ce chemin, juste avant ce mas. La maison de Vinci est à un kilomètre dans les terres, dit Thibodet en engageant sa monture sur un sentier totalement recouvert de neige.

Ils parvinrent devant une jolie habitation, pas très grande, mais coquette, avec des murs blanchis à la chaux et des volets bleu charrette. Sur la droite se trouvait un bâtiment plus imposant, mais plus rustique. Jules mit pied à terre le premier et s'avança vers la porte de ce qui devait être l'atelier de l'artisan.

Il se tourna vers Thibodet et mit un doigt sur sa bouche pour intimer le silence au gendarme. Il désigna le battant entre ouvert. La serrure brisée gisait sur le sol et on décelait, venant de l'intérieur, une sorte de bruit feutré, comme si quelqu'un marchait dans la paille.

Thibodet fit signe à Jules de s'écarter. Il dégaina son revolver, remonta le chien et poussa lentement la porte dont les gonds mal graissés produisirent un grognement.

— Gendarmerie Nationale ! Sortez de là, je suis armé ! cria-t-il.

Il n'obtint pas de réponse, mais le bruit cessa immédiatement. Le gendarme s'avança prudemment dans l'atelier plongé dans la pénombre. Il distinguait des outils, des machines dont il ignorait l'utilité, des meubles entassés. Près d'un large établi, il perçut un mouvement. Instinctivement, il braqua son revolver dans cette direction, lorsqu'une silhouette bondit par-dessus sa tête en poussant un cri aigu.

— Bon sang, mais qu'est-ce que c'était ! demanda-t-il à Jules qui le suivait de près.

Le pêcheur éclata de rire :

— Un chat, c'était un chat !

Un peu vexé de la peur qu'il avait eu, Thibodet rengaina son arme.

— Ouvre plutôt les volets, au lieu de te foutre de moi, dit-il à Jules.

Lorsque la lumière put enfin pénétrer dans la pièce, les deux hommes découvrirent un lieu qui tenait à la fois d'atelier d'horlogerie, de ferronnerie, de menuiserie et de serrurerie. Léonard Vinci à l'instar de son presque homonyme célèbre, semblait être un créateur accompli, versant dans toutes les matières et les disciplines. Jules repéra immédiatement des signes évidents de cambriolage.

— Regarde, Thibodet, tous les tiroirs ont été vidés, les meubles déplacés, à en juger par les traces sur le sol. L'endroit a été méticuleusement fouillé.

— Tu as raison ! Ici, on dirait des plans de machines. Je me demande bien à quoi elles peuvent bien servir.

Jules jeta un œil sur les documents abandonnés en vrac sur une table, comme si on les avait triés. Il reconnut quelques formes suggérant des horloges, des mécanismes complexes utilisant des engrenages et des roues dentées, des engins agricoles et d'autres pouvant passer pour de l'outillage industriel.

— Cet homme était un véritable touche-à-tout de génie, dit Jules. En tous cas, il y a une chose qui devrait être là et qui n'y est pas.

Thibodet prit un air étonné.

— Parce que toi, tu peux voir ce qui manque dans un tel fouillis ?

— Où est la pièce fabriquée par Vinci pour la procession de Noël ?

— Mais oui, c'est vrai ! Un agneau mécanique, d'après ce qu'a dit le curé. Il n'est nulle part.

Ils inspectèrent consciencieusement chaque recoin de l'atelier, mais en vain.

— Dans la maison, peut-être ? suggéra Thibodet.

Ils ressortirent donc et se dirigèrent vers l'habitation. Celle-ci était fermée à clé. Jules réussit à la forcer en quelques secondes à l'aide de son couteau pliant.

— Ici au moins, ça n'a pas été fouillé, remarqua Thibodet en entrant.

Ils inspectèrent chaque tiroir, chaque meuble, le moindre recoin de l'appartement qui ne comportait que trois pièces, mais ne découvrirent absolument rien.

— Inutile d'insister, nous perdons notre temps. Rentrons à L'Isle dit Jules.

Ils allaient repartir, lorsque son attention fut attirée par une pendule en marbre blanc posée sur le manteau de la cheminée. Une pendule identique à celle qu'il avait aperçue, la veille, dans le cabanon de l'apothicaire.

— Je connais ce regard, dit Thibodet, toi tu as une idée.

— Je crois même savoir exactement ce qui s'est passé, mais tu vas devoir faire une recherche pour moi et il faut qu'on discute avec nos femmes, il manque encore une pièce au puzzle. Violette et toi venez manger ce soir à la maison !

Chapitre XI

Thibodet pinça les lèvres lorsque Mariette souleva le couvercle de la marmite en fonte qu'elle venait de déposer au centre de la table. L'odeur du civet de lièvre lui mit l'eau à la bouche, mais il se doutait que l'animal n'avait pas été acheté chez le boucher.

— Le père Borel ? demanda-t-il en fronçant les sourcils.

— Mais qu'est-ce que tu vas imaginer, gendarme ! s'écria Mariette en plongeant une louche dans le fait-tout.

Thibodet se tourna vers Jules :

— Un jour ou l'autre, il se fera coincer, cette tête de mule de braconnier. On ne pourra pas toujours fermer les yeux.

— Avant de fermer les yeux, il faudrait commencer par les ouvrir, rétorqua Mariette pour taquiner le militaire.

— C'est vrai que le père Borel vous balade quand même depuis des années, s'esclaffa Violette en tendant son assiette.

Jules se mêla de la conversation à son tour :

— Et puis honnêtement, combien de tes collègues se fournissent auprès de lui ?

— Tu es parfois trop rigide, mon chéri, poursuivit Violette.

Thibodet fit signe qu'il abandonnait la partie. Il planta sa fourchette dans le râble que Mariette venait de déposer dans son assiette et en découpa un beau morceau qu'il engloutit.

— Après tout, maintenant qu'il est mort, ce lièvre…

— Et où en est votre enquête ? questionna Mariette en s'asseyant près de Jules.

Ce dernier haussa les épaules.

— Ça avance doucement, on a quelques idées.

Thibodet le regarda par en dessous. Il était heureux d'apprendre qu'il avait des idées sur l'affaire.

Mariette hocha la tête :

— Ce serait bien de trouver qui a fait ça, parce que cette pauvre Sylvette est désespérée. Elle a perdu sa mère au mois de juin, son frère au mois de novembre et maintenant son mari. Ça fait vraiment beaucoup.

— J'ignorais qu'elle avait un frère, s'étonna Thibodet.

— Un fieffé coquin, d'ailleurs, il est mort au bagne à Cayenne où il croupissait depuis vingt-ans. Tu es sûr que tu es dans la Gendarmerie, mon chéri ? railla Violette.

Thibodet fronça les sourcils :

— Et je suppose que tu sais pourquoi il était là-bas, madame Thibodet-je-sais-tout ?

— Pour le pire des crimes. Il a assassiné son père. C'était un an avant que Sylvette et Raboite ne se marient. Il y a eu une enquête qui a traîné en longueur, c'était le commandant Brunet qui s'en occupait. Ils l'ont finalement arrêté deux jours avant les noces de sa sœur.

— Sait-on pourquoi il a fait ça ?

Les deux femmes secouèrent simultanément la tête.

— Sylvette refuse d'en parler, dit Mariette.

— Eh bien tu pourras lui dire que demain soir, celui qui à tué son mari dormira en prison.

Tous les regards se portèrent sur Jules.

— Tu as découvert qui était le coupable ? questionna Mariette en posant une main sur celle de son époux.

— Non, c'est Violette et toi qui venez de résoudre l'énigme.

— J'imagine que ce n'est pas la peine d'essayer de te faire parler ? minauda Mariette.

Jules saisit la bouteille de vin rouge sur la table :

— Allez, Laurent donne ton verre, dit-il en guise de réponse.

Il n'appelait le gendarme par son prénom que dans de rares occasions et cela annonçait en principe une arrestation imminente.

Lorsqu'ils se séparèrent tard dans la nuit, Jules attrapa Thibodet par le bras :

— Je voudrais que demain, tu prennes quelques hommes et que tu regroupes tous nos suspects à la collégiale, vers midi. Dis à Brunet que ça vient de toi, que tu as résolu l'affaire, mais que tu as besoin de faire une perquisition au cabanon de l'apothicaire. Voici exactement ce que tu devras faire…

Thibodet n'insista pas pour en apprendre plus. Il savait que cela ne servirait de toute manière à rien. De plus, Violette s'impatientait sur la place. Elle avait remonté très haut le col de son manteau de laine pour se protéger du froid piquant de cette nuit étoilée. Mais après tout, c'était un temps de Noël.

Jules les regarda s'éloigner et disparaître dans la rue de l'Anguille pour rejoindre le quai de la Charité.

Un pâle soleil s'élevait déjà au-dessus des toits de la place aux grains, lorsque Jules arriva, à la collégiale, le lendemain matin.

Il remarqua immédiatement le magnifique agneau grandeur nature qui semblait être en argent, dans l'une des chapelles transversales.

— Le ciel était avec nous, dit l'abbé David. Figure-toi que monsieur Vinci avait confié sa création à un transporteur, juste avant de disparaître.

Le prêtre fit un signe de croix à cette évocation.

— J'en étais certain, dit Jules avec un sourire énigmatique. Vous permettez que j'y jette un coup d'œil.

— Mais bien sûr, mon cher Jules, veux-tu voir comment fonctionne le mécanisme ?

— Je ne pense pas que ce soit une excellente idée, mon père.

Le prêtre le regarda surpris.

— Tu as tort, la tête bouge dans tous les sens, comme une véritable bête. Et il pousse même des vagissements. C'est trop drôle, les paroissiens vont adorer.

Après avoir longuement admiré la création de Léonard Vinci, Jules s'occupa à la mise en place des décorations, durant le reste de la matinée. Vers midi, tout était enfin terminé, et l'église était fin prête pour accueillir la grande procession de Noël, le samedi suivant, juste avant la messe traditionnelle.

Alors qu'il discutait avec l'abbé David, monsieur Croset et Solange, sa bonne, arrivèrent.

Une scène exceptionnelle peinte dans la Collégiale, au dessus du chœur.

Les Chroniques de l'Isle-sur-Sorgue

— Bonjour, Jules, bonjour mon père, dit le maître du château. Nous avons vu Thibodet, ce matin qui nous a demandé de nous présenter ici vers midi. Que se passe-t-il ?

— Je vais tout vous expliquer dans quelques instants, dit le pêcheur. Mais prenez place en attendant.

Quelques minutes plus tard, Sylvette, la femme de Raboite, arrivait, encadrée par Mariette et Violette. La pauvre boulangère avait les yeux rougis et les traits tirés d'une personne qui n'a pas dormi depuis plusieurs nuits.

Puis, ce fut au tour du commandant Brunet d'apparaître dans l'allée de l'édifice religieux.

— Qu'est-ce que c'est encore que cette pièce de théâtre que tu nous joues, Monier, demanda-t-il, toujours aussi désagréable qu'à son habitude. Je croyais que le lieutenant Thibodet avait résolu l'affaire, mais je vois que je me suis de nouveau fait avoir.

— C'est pourtant bien lui qui a la clé de ce meurtre. Il ne devrait pas tarder, rétorqua Jules.

Brunet fit la moue, il n'était pas dupe.

Effectivement, Thibodet arriva quelques minutes plus tard, en compagnie de Camparou qui parut effrayé par cette assistance. Le vagabond tremblait malgré la grosse veste en bonne laine que lui avait offerte monsieur Croset.

Sylvette, en les apercevant, manqua défaillir et, sans Mariette, elle serait tombée. Cette dernière dû l'aider à s'asseoir sur un banc.

— Mais qu'est-ce qui se passe, ici ? demanda sur un ton sévère l'abbé David.

— Il est temps d'en finir avec cette histoire, mon père, dit Jules. Comme je l'ai promis, le meurtrier ou la meurtrière de Raboite dormira ce soir dans les cellules de la gendarmerie. Asseyez-vous tous, je vais maintenant vous expliquer ce qui s'est passé.

Brunet poussa un profond soupir et, d'un geste autoritaire intima l'ordre aux autres de prendre place sur les bancs de messe.

— Vas-y, Monier, on t'écoute, dit-il sur un ton désabusé.

Jules lissa sa grosse moustache et resta silencieux quelques secondes, comme un acteur qui s'apprête à déclamer la tirade finale d'une pièce dramatique.

— Eh bien en réalité, cette affaire a débuté il y a une vingtaine d'années avec la mort d'un homme. Cet homme c'était ton père, Sylvette, que ton frère a assassiné.

Sylvette fit oui de la tête.

— Et il l'a payé cher. Il s'est retrouvé au bagne, précisa-t-elle.

Jules opina gravement du chef.

— Peux-tu nous dire pourquoi il a fait cela ?

— Ça ne regarde personne !

— Ton père était un homme violent, n'est-ce pas. Il te battait et peut-être même pire…

— Oui, bien pire ! et mon frère m'a vengée, paix à son âme.

On sentait Jules tiraillé en son for intérieur. Il connaissait de toute évidence la solution de l'énigme, mais hésitait à la dévoiler.

— Sauf que toi et moi savons bien que ce n'est pas tout à fait vrai. Ton frère n'est pas mort au bagne de Cayenne. Il s'est évadé il y a quelques mois. On l'a cru mort, mais en réalité il est ici.

Il fit un signe à Thibodet qui alla ouvrir la petite porte latérale donnant sur la rue de l'épicerie.

Le gendarme s'effaça pour laisser passer Adeline Féréol. La jeune femme ouvrit de grands yeux en apercevant Camparou.

— Mais c'est à lui que j'ai acheté du pain, l'autre jour ! s'exclama-t-elle.

Camparou qui ferma les yeux.

Une nouvelle fois, Sylvette manqua défaillir.

— Comment est-ce que tu as compris ? questionna le vagabond.

— Cette brûlure que tu as sur le bras, c'est un tatouage que tu as essayé de faire disparaître. On devine encore la forme d'un papillon, c'est une marque courante chez les bagnards. De plus, quand nous t'avons interrogé, au château, pour désigner Raboite et son agresseur, tu as parlé des deux boug, c'est du dialecte antillais.

Camparou pinça les lèvres. Il aurait dû tenir sa langue.

— Mais ça ne veut pas dire qu'il a tué mon mari, s'écria Sylvette, au bord de la crise de larmes.

— Non, le seul meurtrier, à cet instant précis, c'était Raboite lui-même.

Chapitre XII

Après la révélation d'Adeline Féréol, le commandant Brunet se leva brusquement :

— On ne comprend rien à ton histoire, Monier. Tu nous fais perdre notre temps. Tu as débusqué un évadé, c'est bien on va l'embarquer mais si tu sais qui a tué Vinci et Raboite, dis-le nous tout de suite ?

Jules lui fit un signe de la main pour lui signifier qu'il allait continuer.

— Voici comment les choses se sont passées. Ce jour là, Raboite faisait sa tournée, quand il est tombé sur Vinci avec lequel il s'était déjà battu. Ils ont remis ça et Raboite a eu le dessus. Il a poursuivi Vinci jusqu'à la ferme abandonnée. Là, ils ont continué à se battre et Raboite a tué son adversaire avec une pierre. Mais la dispute ne concernait pas les propos anti-sémites de Vinci, c'était autre chose.

Le commandant Brunet paraissait totalement désapointé.

— Et quel était le mobile de cette dispute ? demanda-t-il.

— Je pense que Raboite, qui trainait souvent par là

pour faire ses tournées, à découvert que Vinci trafiquait quelque chose de pas clair, dans l'ancienne ferme. Il avait peut-être même découvert quoi, mais nous y reviendrons plus tard. Pour l'instant, Raboite vient de tuer son adversaire et retourne vers sa carriole. Là, il tombe sur Camparou et le reconnaît.

— Il s'est jeté sur moi. Il voulait me ramener à la gendarmerie pour toucher la prime, ce salaud, avoua Camparou. Et puis d'un seul coup, il est tombé raide mort. Je vous jure que je l'ai pas tué.

— Non, effectivement, nous savons qu'il est mort d'une hémoragie cérébrale à la suite de sa bagarre avec Vinci. Mais toi, tu l'a mis dans la charrette pour le déplacer. Il était mort trop près de la Vignerme et les gendarmes auraient fait une enquête de voisinage, on aurait pu te reconnaître. Hélas, en passant devant le cabanon de l'apohticaire, tu es tombé sur mademoiselle Féréol. Elle est étrangère à la région et elle ne connaissait pas le boulanger. Elle t'a pris pour lui, tout comme Solange un peu plus tard et tu as joué le jeu.

— Oui, c'est vrai, j'étais persuadée qu'il était boulanger, s'exclama la jeune femme.

— J'ai eu très peur d'être découvert à ce moment là, dit Camparou. Ensuite, j'ai continué jusqu'à la rivière et j'ai jeté le corps de Raboite dans l'eau pour faire croire à un accident.

— Ce que je ne comprends pas, c'est pourquoi tu as détruit nos bateaux.

Camparou baissa la tête et s'assit.

— J'avais abandonné la voiture en pensant que l'âne reviendrait tout seul et qu'on ne retrouverait jamais l'endroit où Raboite était sensé être tombé à l'eau. Mais ce bourricot est resté là, à attendre son maître. L'autre soir, quand je t'ai entendu parler avec le gendarme de remonter la rivière, pour retrouver la voiture, je me suis dit qu'un type comme toi n'aurait aucun mal à remonter les traces de la carriole s'il la trouvait à cet endroit.

Jules inspira profondément :

— Alors, tu as détruit les bateaux pour nous ralentir et te laisser le temps de ramener toi-même la voiture.

Camparou se mit à pleurer et leva les yeux vers Sylvette :

— Je suis vraiment désolé, ma pauvre soeur. Mais je savais qu'on finirait par m'accuser d'avoir tué ton mari.

Sylvette se leva et vint se planter devant lui. Elle prit sa nuque et l'attira contre son ventre où il déversa un flot de larmes.

Tous les autres restèrent silencieux devant cette triste conclusion. Camparou allait retourner au Bagne, Sylvette se retrouvait veuve et perdait son frère une nouvelle fois.

Brunet fit signe à un de ses hommes, qui attendait devant la porte, d'emmener l'évadé.

— Et mes poules, dans tout ça ? questionna monsieur Croset.

— Oui, c'est vrai, renchérit Milhaud, tous ces animaux morts, ça n'avait donc rien avoir ?

— Et que trafiquait Vinci, dans la ferme abandonnée ? Le docteur Fayard n'a pas pu déterminer à quoi servait le laboratoire, questionna Brunet

Jules écarta les bras.

— Probablement de la drogue, mais là, je dois avouer que je ne sais pas. Tout comme les animaux, qui sait, peut-être un parasite où une maladie fulgurante et contagieuse. Après tout, moi je ne suis qu'un pêcheur de Sorgue, plus un policier professionnel.

La déception se lisait sur les visages. L'apothicaire se leva le premier, suivi par Adeline Féréol. Les autres allaient suivre, lorsque Jules les interpella joyeusement

— Attendez, ne partez pas ! lança-t-il. J'ai injustement soupçonné certains d'entre vous, aussi je voulais me faire pardonner. Le père David m'a donné l'autorisation de vous dévoiler, en avant-première, le clou du spectacle de notre procession de samedi.

Il désigna l'agneau d'argent qui semblait les observer depuis la petite chapelle où il avait été déposé.

Le prêtre lui lança un regard ahuri :

— Mais…

— Ne t'inquiète pas pour ça, Jules, personne ne t'en veux ici, dit l'apothicaire en poursuivant son chemin.

Thibodet, sur un signe de Jules, se plaça devant la porte, pour en interdire l'accès.

— Mais qu'est-ce que ça veut dire ! s'exclama Alexandre Viaud, outré. J'ai du travail, moi.

— Eh bien moi, je suis curieux, dit monsieur Croset.

— Oui, puisque on est là, à présent, autant en profiter, rétorqua Milhaud.

— A la bonne heure, dit Jules en se dirigeant vers l'automate.

L'apothicaire et Adeline Féréol eurent un mouvement de panique et tentèrent de s'approcher de la porte donnant sur la rue de l'épicerie. Mais cette fois c'est Brunet qui s'interposa, personnellement. Il ne comprenait pas bien où Jules voulait en venir, mais l'attitude de ces deux là lui parut extrêmement suspecte.

— Non, ne fait pas ça !

Les deux amants hurlèrent d'une même voix, lorsque Jules pressa le bouton, placé sur le socle où reposait l'agneau d'argent et que ce dernier se mit à bouger la tête.

L'agneau d'argent balançait la tête, de droite à gauche, en émettant un son qui ressemblait à s'y méprendre à un véritable bêlement. L'animal était d'un réalisme remarquable, une véritable oeuvre d'art.

Tous ceux qui étaient présent avaient sursauté lorsque Alexandre Viaud et Adeline Féréol avait poussé un cri et, à présent, cette petite assemblée avec étonnement les deux amants qui avaient recouvert leur nez et leur bouche à l'aide de leurs écharpes. Seuls leurs yeux restaient visibles et reflétaient une indicible terreur.

Les Chroniques de l'Isle-sur-Sorgue

Une nouvelle fois, ils tentèrent de foncer vers la porte, mais Brunet les arrêta à nouveaux. Il les repoussa cette fois durement vers l'allée centrale de la collégiale.

— Vous, mes coquins, vous n'êtes pas clairs. À présent, j'exige des explications.

— Il faut sortir d'ici ! cria l'apothicaire. Nous allons tous mourir à cause du gaz.

Durant un bref instant, un sentiment de panique s'empara du petit groupe.

— Allons, ne vous inquiétez pas, tempéra Jules, personne ne va mourir. J'ai retiré les tubes de verre contenant les produits chimiques qui devaient libérer un gaz toxique en se brisant à l'intérieur de l'automate.

— Les éclats de verre dans mon poulailler… Ces fous ont testé leur poison sur les animaux des alentours, s'exclama monsieur Croset.

— Mais dans quel but, tout celà ? s'insurgea l'abbé David.

— Je suis sûr que le commandant Brunet nous l'expliquera brillamment, dès que le lieutenant Thibodet lui aura rapporté les informations que je lui ai demandé de recueillir, hier.

— Jules m'a demandé de téléphoner au Ministère de l'intérieur, hier soir, pour prendre des informations sur mademoiselle Féréol, alias Adeline Vinci…

— La Sœur de Léonard Vinci qui a fabriqué cette machine infernale, précisa Jules. Thibodet poursuivit :

— Le Ministère était d'ailleurs ravi de savoir que nous avions retrouvé cette personne, recherchée pour son implication dans les milieux antisémites et qui a plusieurs meurtres à son actif.

Le commandant Brunet hocha gravement le menton.

— Ils voulaient éliminer le colonel Chamoin qui sera présent ce soir à la messe et qui a décidé de défendre Dreyfus, preuves à l'appui.

— Et Raboite a bien failli faire échouer leur plan en tuant Vinci. Il ne savaient pas que juste avant sa mort, l'artisan avait terminé son oeuvre et l'avait confiée à un transporteur. Ils se doutaient que les gendarmes iraient perquisitionner chez lui, aussi, ils se sont introduits dans sa maison pour faire disparaître toutes les preuves. Cela dit, le lieutenant Thibodet a compris que Vinci et Viaud se connaissaient en remarquant la pendule identique chez l'un et chez l'autre, une pendule artisanale fabriquée par Vinci en deux exemplaires seulement comme nous l'ont indiqués les plans que nous avons découverts dans l'atelier de ce dernier.

ÉPILOGUE

Alors que l'organiste égrainait les dernières notes du Te Deum sur son clavier, une rumeur monta parmi les très nombreux fidèles réunis dans l'église en cette nuit de Noël.

Derrière la lourde porte de la collégiale, se faisait entendre une lointaine mélodie où se mêlaient fifres et tambourins. Un long grincement accompagna la lente ouverture des deux battants et la musique devint plus distincte.

Des flocons de neige s'engouffrèrent au moment où les musiciens pénétrèrent dans la nef, précédés par les maîtres berger, les bayles, dont l'un portait un petit agneau autour du cou.

Un chariot à deux roues, décoré de guirlandes de buis et enrubanné, les suivait immédiatement. Sur le plateau se trouvait l'agneau d'argent qui ce soir-là aurait dû sceller le sort du colonel Chamoin et de tous les fidèles réunis pour assister à la messe.

Tout cet équipage se dirigea vers la chapelle latérale qui abritait la crèche. Puis s'avança le diacre, suivi des enfants de chœur. Le petit homme bedonnant portait avec une réelle dévotion un santon de grande taille représentant l'Enfant Jésus. Après l'avoir encensé, il le mit en place dans la crèche.

L'orgue donna alors le signal et les fifres, les tambourins et les tinclettes se mirent à jouer à leur tour. Les bayles et les bergers allèrent en procession rendre grâce à l'Enfant Jésus.

À un rang derrière Thibodet et Violette, Mariette essuya une larme et se blottit contre la large épaule de Jules, lorsque les enfants des gendarmes et des pêcheurs réunis en une même chorale entamèrent le chant qu'ils préparaient depuis plusieurs semaines.

— Mon Dieu que c'est beau, dit-elle. Tout ça me fait penser à la pauvre Sylvette.

Jules hocha la tête et, d'un revers de main, chassa une poussière qu'il avait dans l'œil. Il caressa les cheveux de Mariette.

Au premier rang, le commandant Brunet se tenait droit comme un I. À ses côtés se trouvait le colonel Chamoin, un homme d'une cinquantaine d'années, grosse moustache et crâne dégarni, sanglé dans un uniforme dont la poitrine était déformée par le poids des décorations.

— Eh bien, mon cher Brunet, dit-il en se penchant vers le gendarme, quelle magnifique cérémonie ! Heureusement que vous étiez là pour déjouer ce sordide attentat. On m'a rapporté votre efficacité dans cette affaire, croyez bien que je saurai m'en souvenir.

Brunet était au bord de la crise d'apoplexie. Il dut serrer les dents pour conserver une apparence de modestie.

— Mon colonel, je n'ai fait que mon travail. Et puis je dois dire que mes hommes ont été exemplaires dans cette enquête.

— Cela aussi on me l'a dit, commandant, cela aussi, répondit le colonel en se tournant discrètement vers Jules à qui il adressa un clin d'œil par-dessus ses lorgnons en argent.

Les Chroniques de l'Isle-sur-Sorgue

Histoire L'Isloise Français / Provencal
Par Lucien Pinelli

Les ermites de Margoye

La colline de Margoye se trouve non loin et au levant du Bosquet. J'ai quelques fois conversé avec de vieilles personnes qui parlaient de deux frères habitant là-haut en ermites. On les appelait, en Provençal « Toco-biòu ».

Je connais vaguement l'emplacement de leur cabane située au couchant du plateau, nous dirons plutôt, un abri : moitié avancée de rocher et moitié construction sommaire, le tout perdu dans la végétation.

Dans les années trente, ces deux frères, nous ignorons pourquoi, se sont isolés du monde et ont survécu avec sans doute ce qu'il trouvaient autour d'eux, comme la cueillette et aussi plaçaient-ils des collets, ce qui se pratiquait aisément en ces temps anciens. Je suppose qu'ils possédaient quelques volailles. Ils se servaient de l'eau, la filiole située en contre-bas de leur abri, en bordure du chemin communal. Leur restanque était probablement cultivée avec du petit outillage.

Ces hommes débonnaires, acceptés par le voisinage, les quelques paysans qui occupaient le quartier à cette époque. J'imagine qu'aux moments des récoltes on leur offrait parfois quatre tomates, quelques oignons, des abricots…

J'ignore quelles étaient leurs ressources. Étaient-ils pensionnés de guerre ? Quelques fois on voyait l'un des deux frères qui descendait en ville, toujours à pied. Après une visite à la boulangerie, il se dirigeait vers le « Bon lait ». Puis, avec son modeste ravitaillement, il reprenait le chemin de Margoye.

L'autre ne se montrait jamais en ville, il était parait-il un véritable poète, adorateur de la nature environnante qui lui inspirait des vers et des sonnets. On le disait aussi prédicateur du temps et des saisons. A un voisin agriculteur il déclara un jour être le plus heureux des hommes...

D'après mes recherches, je sais que l'un des deux aurait eu jadis une situation dans le démarchage et qu'il possédait une bonne instruction.

Nul n'a pu me dire pourquoi ils se sont retirés ensemble de la vie sociale et restés solidaires.

Lis ermito de Margoye

La colo de Margoye se trobo noun liuen e au levant dóu Bousquet.
Ai quàuqui cop, charra emé di vièii persouno que parlavon de dous fraire estajant (habitants) amoundaut en ermito. Ié disien en prouvençau « Li Toco-biòu ».
Couneisse vagamen l'emplaçamen de sa (leur) cabano, virado au pounènt (couchant) dóu platèu, diriéu pulèu, uno sousto (un abri). Mita avançado de roucas e mita coustrucioun soumàri, tout acò perdu dins lou fourest.
Dins lis annado trento, aquéli dous fraire, ignourèn perqué, se soun isoula dóu mounde, e an subre-viscu, emé sènso doutènço de ce que troubavon à l'entour d'éli. Coume la culido (cueillette) e tambèn plaçavon-t-i di coulet, acò se praticavo eisadamen (aisément) d'aquesto pountannado.
Suspause qu'avien quàuqui poulaio. Pèr l'aigo anavon à la filiolo situado en contro-bas de soun (leur) abrigado (abri), en ribo dóu camin coumunau. Sa (leur) restanco èro proubablamen acoutrado (cultivée) emé dis óutis manuau. Aquélis ome debounaire aceta (acceptés) dóu vesinage, li quàuqui païsan qu' oucupavon lou quartié d'aquéu tèms. Imagine i moumen di culido (récoltes) que i' oufrié (les paysans) de-cop que i'a (parfois) quatre poume d'amour, quàuqui cebo, d' aubricot…
Sabe pas dequé vivien. Èron-ti pensiouna de guerro ? Quàuqui fes vesian l'un di fraire que descèndié en vilo, toujour d'à pèd. Après uno vesito à la boulenjarié, passavo vers lou « Bon la », pièi emé soun moudeste ravitaiamen reprenié lou camin de Margoye.
L'autre se moustravo jamai en vilo. Sèmblo qu'èro un vertadié (véritable) pouèto, adouratour de la naturo, que ié ispiravo di vers e di sounet. Se disié tambèn qu'èro predicaire dóu tèms e di sesoun.
A un agricultour declarè un jour, èstre lou mai urous dis ome…

D'après mi recerco, sabe que l'un di dous aurié agu antan (jadis) une situacioun dins la representacioun, e qu'avié uno bono estrucioun.
Res a pouscu me dire perqué se soun retira de la vido souciala e soun resta soulidàri.

LA NOTE HISTORIQUE

Les montre-culs

Les pêcheurs à la main faisaient preuve d'une étonnante habileté

En Provence, on a toujours aimé donner des surnoms, la plupart du temps en rapport avec une particularité physique ou en raison d'une activité professionnelle. Ainsi, les pêcheurs de Sorgue se voyaient affublés, au XIXe siècle, du sobriquet de Montre-cul ! Un patronyme peu sympathique – et qui, à priori n'avait aucun rapport avec l'activité de pêche – pour ces hommes de la rivière oeuvrant tous les jours sur leurs bateaux à fond plat, ces mêmes bateaux que l'on appelle aujourd'hui des Nego-Chin.

Mais il faut se souvenir que ce qui, aujourd'hui, nous paraît insultant, ne l'était pas forcément dans le contexte de l'époque.

Et pourquoi nommait-on ainsi les pêcheurs ? Eh bien il faut savoir que la pêche traditionnelle se pratiquait de nombreuses manières et que chaque pêcheur avait une ou plusieurs spécialités. Il y avait ceux qui lançaient l'épervier, un lourd filet, dans un geste élégant et fluide ; ceux qui piquaient habilement le poisson à l'aide de leur fichouire, cette fourche à sept branches très sélective ; on voyait encore ceux qui posaient des pièges et ceux qui savaient tendre l'Araignée, un autre filet aux meilleurs endroits et puis il y avait les pêcheurs à la main.

Ceux-là étaient de véritables artistes en pleine communion avec la nature. Ils connaissaient parfaitement les habitudes des truites et autres habitants de la rivière et savaient notamment reconnaître les pierres et les rochers sous lesquels les plus beaux poissons venaient s'abriter en cas de danger.

Ils passaient la main dans les anfractuosités et, du bout des doigts détectaient leur proie, puis d'un geste doux et fluide s'emparaient de la truite comme tétanisée par le contact des mains de l'homme. Et bien sûr, avec une eau à douze ou treize degrés, il n'était pas question de s'immerger totalement il fallait donc se courber, ce qui laissait à la vue des passants sur les berges son… postérieur.

Si tout le monde à L'Isle connaissait ce sobriquet et l'utilisait probablement d'une manière bienveillante, à la grande ville (Avignon), ce n'était pas forcément le cas. Ainsi avons-nous retrouvé l'histoire d'Esprit Bounias (nos sources sont peut-être sujettes à caution, mais l'histoire est tellement jolie que je ne résiste pas au plaisir de vous la raconter).

Les déboires d'Esprit Bounias

Esprit Bounias était un modeste pêcheur dont la spécialité était justement la pêche à la main. Il vivait dans la modeste cabane que lui avaient laissé ses parents, près de la porte des Frères mineurs, non loin de ce que l'on appelait la Tour nègre. Esprit Bounias, donc, était pêcheur à la main et s'était fait prendre, justement, la main dans le sac, ou plutôt dans la rivière, à pêcher hors de la période autorisée, par un brigadier de gendarmerie intraitable.

Direction donc le tribunal ou se déroula l'un des procès les plus comiques de l'histoire de ce haut lieu de justice.

En effet, le président demanda à Bounias de déclamer son identité et sa profession. À cette question l'homme, qui ne parlait que le provençal, répondit en toute innocence : Mostre-Quieu (Montre-cul). Le président, outré, persuadé que l'homme venait de l'insulter, se mit en colère. Il répéta sa question sur un ton plus sévère et le pauvre Bounias, ne comprenant pas l'ire de l'homme en hermine, répéta une nouvelle fois qu'il était un Montre-Cul et fier de l'être.

Il fallut un certain temps pour calmer hilarité de la salle et le président, vexé, manqua même de faire évacuer les lieux par la gendarmerie. Heureusement que l'avocat d'Esprit Bounias, qui parlait un peu le provençal expliqua au magistrat qu'il s'agissait du nom des pêcheurs de L'Isle, passé dans le langage courant.

Le président, comprenant alors le quiproquo rit tellement qu'il décida d'acquitter immédiatement le prévenu, au grand dam du gendarme trop zélé.

Dans la presse à cette époque

L'AFFAIRE DREYFUS

La grande affaire qui occupait la presse de cette époque était bien entendu l'affaire Dreyfus qui a profondément divisé la France entre 1894 et 1906.

À l'origine, de cette incroyable saga, on trouve une mystérieuse affaire d'espionnage au profit de l'Allemagne. Des documents sont détournés et se retrouvent entre les mains des responsables de l'Empire Allemand.

Dreyfus est soupçonné et, après un procès totalement truqué, alimenté par des preuves totalement fabriquées, est déclaré coupable puis expédié vers le bagne de l'île du diable en Guyane.

Dénoncé par sa famille, des journalistes, de nombreux citoyens et des intellectuels comme Zola, ce scandale va entraîner un clivage sans pareil dans la troisième république. On verra naître deux camps : les dreyfusards et les anti-dreyfusards.

Il faudra attendre l'année 1906 pour que le capitaine Dreyfus soit innocenté.

LE GAULOIS
26 DÉCEMBRE 1897

COLLISION ENTRE DEUX RAPIDES

La catastophe du péage de Roussillon

Un accident de chemin de fer, qui a causé de nombreuses victimes, s'est produit dans la nuit de vendredi à samedi vers une heure du matin, sur la ligne Marseille - Paris, aux environs de la gare du Péage-de-Roussillon, entre Valence et Vienne [...].

Les deux trains, N° 10 et 20, qui doivent arriver à Paris vers neuf heures du matin, se suivent à vingt minutes d'intervalle. [...] Le train N° 10 resta en détresse, par la suite, croit-on, de la rupture du frein, à trois kilomètres de la gare. Les signaux faits pour arrêter le train N° 20 ne furent sans doute pas remarqués par le mécanicien, et le second rapide se précipita, avec une vitesse de soixante-dix kilomètres à l'heure, sur les voitures du premier rapide. Le fourgon et deux voitures de 1re classe furent mis en pièces.

Le choc fut terrible. En un clin d'oeil, la voie fut jonchée de débris. D'effroyables cris de détresse s'échappèrent de plusieurs wagons mis en pièces et ce fut une scène épouvantable que la confusion qui succéda au choc.

LA NATION
24 SEPTEMBRE 1898

NOUVEAU COMPLOT ANARCHISTE

Le gouvernement portugais a été avisé dernièrement qu'un complot anarchiste était tramé contre la vie du roi, mais il a été impossible à la police d'obtenir des renseignements plus complets sur les projets des assassins [...].

Tous les voyageurs qui arrivent par les paquebots et par les trains sont surveillés de près. Un individu habillé convenablement et de bonne mine a été arrêté hier, au moment où il descendait du Sud-Express et conduit rapidement à la préfecture de police.

Jusqu'à présent, on refuse de faire connaître les motifs de cette arrestation.

On dit que des brochures anarchistes ont été répandues dans les casernes ; mais les chefs militaires déclarent que l'on peut compter sur l'armée.

LE GUETTEUR DE SAINT-QUENTIN
27 NOVEMBRE 1898

QUAND LA PRESSE AFFICHAIT LES NOMS DES VOYOUS

Nous avons relaté, il y a une dizaine de jours, un vol [de sac] commis avec une audace

Les Chroniques de l'Isle-sur-Sorgue

incroyable au préjudice d'une jeune cuisinière de Saint-Quentin, Mlle Élisa Féron, âgée de 20 ans. Une enquête fut faite, qui révéla que quelques jours auparavant des individus – les mêmes à n'en pas douter – avaient également arraché à une dame Boulanger [...] un sac contenant 52 fr.

Ces individus ont pu être retrouvés ; ce sont : Flamant Henri-Joseph, né en 1879 dans l'arrondissement de Pérone ; Debut Fernand, né en 1881, et Desains Philippe-Auguste, né en 1882, tous deux natifs de St-Quentin.

La police donne sur le premier de ces jeunes gens de très mauvais renseignements ; elle dit qu'il ne mérite aucun intérêt. Quant aux deux autres, on dit qu'ils passent la majeure partie de leur temps en compagnie de femmes de mauvaise vie.

LE PETIT CAPORAL
1ᴇʀ JANVIER 1899

Des adieux un peu chers

Enterrant son père dans le cimetière protestant de Koswig, un ouvrier s'écria, en jetant un dernier regard sur la tombe de l'auteur de ses jours :

- Adieu, nous ne nous reverrons plus !

Le juge de paix vient de condamner cet homme à quinze jours de prison.

« Un tel langage, dit l'arrêt, est une offense à la morale publique, en ce qu'il choque le sentiment religieux de ceux qui pourraient l'entendre, et qu'il est contraire à la doctrine chrétienne sur l'immortalité de l'âme.

LA LANTERNE
1ᴇʀ JANVIER 1899

L'Influenza

Rassurez-vous ; ce n'est pas chez nous qu'elle règne : c'est en Amérique.

Le Nouveau Monde avait, il y a quelques années, échappé à l'épidémie qui saviez avec tant de force dans la vieille Europe. C'est son tour aujourd'hui. Le télégraphe nous annonce que l'influenza fait, depuis plusieurs jours, de nombreuses victimes à New York [...] Vous vous rappelez combien, soudainement, dans les premiers jours du mois de décembre 1899, éclata à Paris le fléau et vous n'avez pas oublié sa marche rapide. Il se manifesta d'abord à Pétersbourg. Il gagna de là Berlin, puis Vienne et vint enfin se réfugier à Paris [...] M. Brouardel, doyen de la Faculté de médecine, faisait, si j'ai bonne mémoire [...] déclarait qu'il s'agissait de la vulgaire grippe. C'était, en réalité, bien autre chose [...] En quelques jours, l'épidémie se propageait avec une terrifiante rapidité [...]

LA GAZETE DE FRANCE
2 JUIN 1899

Une tragique aventure

Il y a quelque temps, un jeune homme de dix-sept ans, Mathieu Palou, employé de magasin, à Nantes, faisait la connaissance d'une jeune domestique, également âgée de dix-sept ans, nommée Joséphine Bernier.

L'oncle de Mathieu, propriétaire du magasin, n'ayant pas voulu consentir au mariage de son neveu, celui-ci partit avec la jeune fille, en déclarant qu'il allait se noter. Ils prirent le train pour Couëron, localité située sur les bords de la Loire.

Sur ces entrefaites, M. Palou ayant appris la résolution des deux jeunes gens, s'était mis à leur recherche. Il les rencontra à leur descente du train ; mais quand ils le virent, Joséphine et Mathieu se mirent à courir vers la Loire, poursuivis par l'oncle de Mathieu qui leur cria qu'il consentait à leur union.

Arrivés sur le quai, les deux désespérés se prirent par la main et se jetèrent dans le fleuve.

Joséphine Bernier a pu être retirée saine et sauve ; quant à Mathieu, on ne retira de la Loire que son cadavre.

Le Bruit court que Joséphine Bernier a été arrêtée.

Les Chroniques de l'Isle-sur-Sorgue

Les anciens numéros des Chroniques

SOMMAIRE N°1
- Mini-roman policier : Il est l'heure, monsieur le curé
- Portrait : Sauveur Romano
- L'Histoire dans l'histoire : quand les horloges ne tournaient pas ron à L'Isle
- Dans la presse à cette époque

SOMMAIRE N°2
- Mini-roman policier : Meurtre au théâtre
- Portrait : Jean Nicolas
- L'Histoire dans l'histoire : Les Trèfles
- Dans la presse à cette époque

Pour commander les anciens numéros des Chroniques de L'Isle-sur-Sorgue au format papier ou numérique, rendez-vous sur le site des éditions du Venaissin :

www.editionsduvenaissin.fr

ou scannez le QR code ci-dessous